로스트 레이디

윌라 캐더

번하트 클리보의 목판화

코호북스

목차

작가 소개

"윌라 캐더는 네브래스카 최고의 시민이다. 미국은 그녀의 작품 덕분에 네브래스카를 알게 되었다."

싱클레어 루이스

20세기 초반 미국의 가장 중요한 소설가 중 하나이자 네브래스카를 대표하는 지역주의 작가 윌라 캐더는 1873년 12월 7일 버지니아주의 백크릭밸리에서 태어났다. 그녀가 아홉 살 때 네브래스카의 웹스터 카운티로 이사한 그녀의 가족은 일 년 후에 레드 클라우드에 정착했는데, 이곳에서 10년간 살면서 목격한 웅장한 자연과 혹독하고 낯선 환경에서 분투하는 이민자들의 모습은 어린 캐더에게 큰 영향을 미쳤고, 훗날 그녀는 중서부의 풍경과 그곳 주민들의 삶을 작품에 오롯이 담았다.

캐더는 의사의 꿈을 품고 대학에 진학하였으나, 과제로 제출한 에세이가 신문에 실리며 활자화된 자신의 글과 이름을 본 순간 작가가 되고자 하는 열망을 느꼈다고 한다. 글쓰기에 대한 재능과 열정을 발견한 그녀는 교내 신문을 편집하고 지역 신문에 칼럼과 비평을 기고하는 등 날카로운 비판력과 필력을 연마했으며, 대학생 시절부터 이미 네브래스카의 문단에서 두각을 드러냈다. 졸업 후 피츠버그에서 저널리스트, 선생으로 일하는 동안에도 캐더는 창작 활동을 꾸준히 이어 가며 지역 잡지와 신문에 여러 시와 소설, 비평을 발표했고, 그녀의 평생지기가 된 이사벨 매클렁의 가족을 비롯한 피츠버그의 지성인, 예술인들과 활발히 교류했다.

1903년에 그녀의 시집『사월의 황혼 April Twilights』이, 1905년에 첫 단편소설집 『트롤 가든 The Troll Garden』이 출간되었고, 그녀는 소설집을 출간한 저명한 편집장 매클루어에게 고용되어 뉴욕으로 이사했다. 20세기 초반의 대표적인 사회고발성 잡지이자 오 헨리, 스티븐 크레인, 토머스 하디 등 유명 작가들의 작품을 실은 <매클루어즈 매거진>에서 주간의 자리까지 오르며 뛰어난 능력을 발휘했으나 막중한 업무 탓에 창작에 전념하기 힘들었던 캐더는 1911년 회사에서 사임하고 전업 작가로 전향하였다.

이듬해 <매클루어즈>는 그녀의 첫 장편 소설『알렉산더의 다리 Alexander's Bridge』를 연재했다. 뒤이어 캐더는 『오 개척자여! O Pinoeers!』(1913),『종달새의 노래 The

Song of the Lark』(1915),『나의 안토니아 My Antonia』(1918)를 출간하며 미국 문학의 새로운 목소리로 떠올랐다. 절제되고 담백한 문장과 자연에 대한 서정적인 묘사, 평범한 사람들의 삶의 경험을 투명하게 담은 그녀의 작품은 평론계와 대중 모두에게 인기를 끌었고, 그녀는 네브래스카를 미국에 알린 작가라는 평을 받았다.

1922년 캐더는『우리 중 하나 One of Ours』로 퓰리처상을 받으며 명실상부 최고 작가의 반열에 올랐고, 1923년에 출간한『로스트 레이디 A Lost Lady』는 예술가로서 캐더의 기량을 다시 한번 입증하였으며 1925년과 1934년 두 차례 영화화되었다. 또한, 19세기 후반 황량한 뉴멕시코 지역에서 선교 활동을 한 프랑스 주교의 삶을 그린 하나의 대서사시와도 같은 소설『대주교에게 죽음이 오다 Death Comes for the Archbishop』는 모던 라이브러리가 선정한 명작 100선에 등극했으며, 이 작품으로 캐더는 미국 문학예술 아카데미로부터 윌리엄 딘 하웰스 메달을 받았다.

이후 캐더는 17세기 퀘벡을 배경으로 한 또다른 역사소설 『바위 위의 그림자 Shadows on the Rock』로 프랑스에서 페미나상을 받았으며,『루시 게이허트 Lucy Gayheart』,『사파이어와 노예 소녀 Sapphira and the

Slave Girl』는 베스트셀러를 기록하며 독자들의 지속적인 사랑을 받았다.

그러나 그녀의 작품이 현실과 무관하며 과거지향적이라고 혹평한 몇몇 비평가들의 공격과 제2차 세계대전의 발발, 절친한 친구 이사벨 매클렁의 죽음으로 그녀의 작품활동은 1930년대 중반부터 감소했고, 1947년 4월 24일 그녀는 친구 이디스 루이스와 동거하던 맨해튼의 아파트에서 뇌졸중으로 사망했다. 죽기 삼 년 전 그녀는 미국 국립예술원으로부터 전 생애에 걸친 공로를 기리는 골드메달을 수상했다.

A LOST LADY

BY

WILLA CATHER

"..........어서 와요, 나의 마차여.
그럼 잘 자요, 아가씨들. 안녕, 사랑스러운 아가씨들.
안녕히, 안녕히."

일러두기

1. 이 책의 번역대본으로는 A Lost Lady (Alfred A Knopf, 1923)를 참조했습니다.
2. 원서에서 강조를 뜻하는 이탤릭체는 돋움체로 표시했습니다.
3. 본문의 각주는 모두 옮긴이의 것입니다.

Part 1

I

지금으로부터 30~40년 전, 벌링턴 철도를 따라 세워진 잿빛 도시들이 오늘날만큼 거무튀튀하지 않았던 시절, 그 도시들 중 하나에 융숭한 손님 접대와 특별한 매력으로 덴버에서 오마하까지 명성을 떨친 집이 있었다. 명성을 떨쳤다는 말인즉, 당시 철도 산업을 이끌던 상류층에서 잘 알려졌다는 뜻이다. 철도 산업에 몸을 담고 있거나 그것의 부산물이라고 할 수 있는 '토지 매매 회사'에 관계된 남자들이었다. 그 시절에는 '벌링턴과 연줄이 있는 사람이다'라는 말 한마디면 족했다. 회사의 중역이며 총감독, 부사장과 관리자들의 이름을 우리 모두 알았다. 그들의 아우들과 조카들은 화물 직원이나 감사, 혹은 이런저런 부서에서 조수로 일했다. 철도와 '관련된' 사람들이라면 누구나, 심지어 가축과 곡물을 나르는 대규모 운송업자들도 무료 연간이용권을 받았고, 그들과 그들의 가족은 철로를 마음껏 이용했다. 그 시절 이곳 초원 주(州)에서는 두 개의 사회계층이 뚜렷하게 구분되어 있었다. 생계를 위해 이곳으로 모여든 이주 농민들과 노동자들 그리고 대서양과 맞닿은 해안 지방에서 온 금융인들과 부유한 신사 목축업자들이었는데, 그들은 '우리의 위대한 서부'를 개발하고 투자하기 위해 왔다고 말하곤 했다.

'벌링턴 맨'이라고 불리던 이 남자들은 딱히 급하지 않은 출장으로 오갈 때면 급행열차에서 하차해, 은근하고 품위 있게 귀빈 대접을 받을 수 있는 유쾌한 집에서 하룻밤 머물기를 즐겼는데, 스위트워터에 있는 대니얼 포레스터의 집만큼 유쾌한 곳은 없었다. 포레스터 대령 역시 철도를 부설하는 건설업자로, 벌링턴을 위해 산쑥이 흐드러진 들판과 소 떼들의 초원을 가로질러 북쪽의 블랙힐스까지 이어지는 수백 마일의 철로를 깔았다.

모두가 포레스터 플레이스라고 부른 그 집은 전혀 특출나지 않았다. 그곳에 살던 사람들이 집을 실제보다 웅장하고 아름다워 보이게 만들었던 것이다. 집은 시내에서 동쪽으로 거의 1마일이나 떨어진 야트막하고 둥그스름한 언덕 꼭대기에 있었다. 외벽이 하얗고 별채가 하나 달렸으며, 가파른 지붕은 눈이 잘 쓸려 내려가게 만든 것이었다. 현대적인 관점에서 보았을 때 결코 편안하다고 할 수 없는 비좁은 포치가 집을 에워쌌고, 번듯한 목재를 죄다 선반기로 고문해서 흉측하게 만든 듯한 그 시대 특유의 허접하고 무늬만 요란스러운 기둥이 포치를 지지했다. 담쟁이덩굴과 관목이라는 가리개가 없었다면 눈살이 찌푸려졌을 것이다. 저택 뒤로는 듬직한 미루나무 숲이 가지를 양쪽으로 보호하듯 뻗으며 언덕의 비탈까지 덮었다. 이렇게 울창한 숲을 배경으로 한 언덕 꼭대기 집이 기차로 스위트워터에 도착한 사람의 눈에 처음으로 들어오는 곳이자 떠나기 전 마지막으로 시선이 머무는 곳이었다.

포레스터 대령의 토지에 가려면 일단 타운의 동쪽 가녘을 따라 흐르는 널찍한 시내를 건너야 했다. 모래 위로 흐르는 시내를 다리나 여울로 건너면 대령의 사유지인 오솔길로 들어서게 되는데, 오솔길 양옆으로는 양버들이 죽 늘어섰으며 그 뒤로는 넓은 초원이 펼쳐졌다. 저택이 위치한 언덕의 어귀를 가로지르는 두 번째 시내는 튼튼한 나무다리로 건널 수 있었다. 시냇물이 자유롭게 휘휘 굽이치며 흐르는 드넓은 초원은 절반은 습지이고 나머지 절반은 목초지였다. 포레스터 대령 같은 사람이 아니었다면 누구나 저지대를 배수하여 아주 실속 있는 땅으로 개발했을 것이다.

그러나 대령은 오래전에 이 땅이 자신의 눈에 아름답게 보인다는 이유로 선택했으며, 목초지를 휘감는 시내와 둔치에서 자라는 박하와 갯잔디, 빛나는 버드나무를 좋아했다. 그 시절에 그는 부유한 편이었으며 자식도 없었다. 자신이 원하는 대로 할 여유가 있었던 것이다.

오마하나 덴버에서 친구들이 찾아오면 대령은 농장용 왜건을 타고 역으로 마중을 나갔고, 오솔길 양옆으로 펼쳐진 초원에서 풀을 뜯는 풍요로운 가축을 본 친구들이 내지르는 탄성에 흐뭇해했다. 또한, 그들이 언덕 꼭대기에 도착했을 때 환영하러 나온 포레스터 부인에게 인사하기 위해 자기보다도 나이 많은 신사들이 마차에서 훌쩍 뛰어내려 정면 계단을 한달음에 올라가는 모습이 그에게 즐거움을 안겨 주었다. 그의 친구들 가운데 가장 냉정하고 무뚝뚝한 이는 링컨 출신의 은행가였는데, 좁다란 얼굴의 이 신사도 그녀와 악수하는 순간 명랑해졌고, 쾌활하게 도전하는 듯한 그녀의 눈빛에 화답하고 장난스러운 환영 인사에 재치 있게 응수하려고 애썼다.

그녀는 언제나 정문 바로 앞에서 손님들을 기다리고 있었다. 나무다리에서 딸그락거린 편자 소리와 덜커덩거린 바퀴 소리가 그들의 도착을 예고했다. 그녀가 부엌에서 보헤미안 [1] 요리사를 거들고 있을 때 손님들이 오기라도 하면, 그녀는 앞치마 차림으로 나와서 버터가 반질거리는 쇠숟가락이나 버찌에 물든 손을 흔들었다. 그녀는 매무새를 고치고 오느라 시간을 끌지 않았다. 그녀는 꾸미지 않은 모습도 아름다웠으며 자신도 그 사실을 알았다. 콜로라도&유타 컴퍼니의 회장인 사이러스 댈젤이 방문했을 때 그녀가 드레싱 가운 바람으로, 물결치는 흑발을 어깨 위에 치렁치렁 드리우고 한 손에는 빗을 든 채로 문으로 달려 나왔다는 것은 잘 알려진 일화였다. 그리고 그 위대한 남자가 그렇게 우쭐했던 적이 없었다. 댈젤 회장을 포함해 포레스터 플레이스를 찾아오는 모든 중년 남자의 찬미하는 눈에 포레스터 부인의 행동은 바로 그녀가 했기에 '숙녀'다웠다. 어떤 옷을 입건 어떤 상황에 있건, 그녀는 언제나 매력적일 거라고 그들은 믿었다. 심지어 과묵한 포레스터 대령도 포머로이 판사에게 말하길, 목초지에서 새로 산 황소에게 쫓기고 있을 때만큼 그녀가 매혹적으로 보인 적이 없다는 것이었다. 그날 그녀는 황소에 대해 까맣게 잊어버리고 야생화를 따러 초원에 내려갔다. 그녀의 비명을 들은 대령이 헐떡이며 언덕을 내려가자, 그녀는 문제를 일으킨 진홍색 양산을 끝까

1. 체코공화국의 보헤미아 지역 출신 사람을 뜻한다.

지 놓지 않고 정신없이 깔깔거리면서 습지의 둘레를 따라 산토끼처럼 내달리고 있었다.

포레스터 부인은 남편보다 스물다섯 살 어렸으며 그의 두 번째 아내였다. 그는 캘리포니아에서 그녀를 만나 결혼하고, 스위트워터에 부인으로 데려왔다. 스위트워터에서 일 년에 고작 몇 달만 살던 시절에도 그들은 이곳을 집이라고 불렀다. 훗날에 대령이 산에서 낙마하며 심하게 다쳐 철도를 못 짓게 되자 그와 그의 아내는 언덕 위 집으로 은퇴했고, 그는 이곳에서 늙어 갔으며, 아, 심지어 그녀도 늙어 갔다!

II

그러나 우리는 오래전 여름날 아침, 포레스터 부인이 젊었으며 스위트워터가 유망한 타운이었던 시절에서 이야기를 시작할 것이다. 그날 아침 그녀는 바깥으로 쑥 튀어나온 응접실 퇴창 앞에 서서 예스러운 연분홍 장미를 유리병에 꽂꽂이하고 있었다. 그녀가 시선을 들자 낚싯대와 도시락을 싸 들고 맨발로 차도를 올라오고 있는 어린 소년들이 보였다. 대부분 그녀가 아는 아이들이었다. 그녀가 예뻐하는 닐 허버트는 포머로이 판사의 조카였으며, 인물이 훤한 열두 살 소년이었다. 예의 바른 조지 애덤스는 매사추세츠주의 로월에서 온 신사 목장주의 아들이었다. 나머지는 그냥 동네 소년들이었다. 푸줏간 주인의 빨간 머리 아들, 타운에서 가장 큰 잡화점 주인의 뚱뚱하고 까무잡잡한 쌍둥이 형제, 에드 엘리엇,(그의 바람기 많은 늙은 아버지는 신발 가게를 운영했으며, 스위트워터 하류의 돈 후안이었다.)

독일인 재단사의 두 아들은 창백한 피부에 주근깨가 수두룩했고, 녹슨 금속 색깔의 머리칼은 그들이 걸친 누더기만큼이나 너절했다. 이따금 이들 형제가 소리 없이 유령처럼 부엌문 앞에 나타나 "오늘 아침에 생선 어떠세요?"라고 가느다란 목소리로 물으면, 그녀는 그들이 잡은 동물이나 메기를 사주곤 했다.

소년들이 언덕을 올라오다 말고 상의하는 모습이 보였다. "네가 여쭤봐, 닐."

"네가 하는 게 좋겠어, 조지. 포레스터 부인이 너희 집에는 자주 가지만 나랑은 말한 적도 거의 없단 말이야."

그들이 정문 앞 포치로 이어지는 세 단의 계단 앞에 멈춰 서자 포레스터 부인이 분홍빛 장미 한 송이를 들고나와 우아하게 고개를 끄덕였다.

"안녕, 얘들아? 소풍 가니?"

조지 애덤스가 한 발자국 앞으로 나와 커다란 밀짚모자를 엄숙하게 벗었다. "안녕하세요, 포레스터 부인, 저희가 습지에 들어가서 낚시하고 놀다가 숲에서 점심을 먹어도 괜찮을까요?"

"물론이야. 재밌게 놀아. 방학한 지 얼마나 됐니? 학교가 그립지 않아? 닐은 그리워하는 거 알아. 닐이 공부를 아주 열심히 한다고 포머로이 판사님이 자랑하시더라.”

소년들이 웃음을 터뜨렸고 닐은 언짢은 표정이었다.

“가봐. 목초지로 들어가는 입구는 꼭 닫아 놓아야 해. 가축들이 새포아풀밭으로 들어가면 포레스터 씨가 질색하시니까.”

조용히 저택을 돌아서 숲으로 들어가는 입구에 도착한 소년들은 고함을 지르며 거대한 나무 아래 풀밭을 뛰어 내려갔다. 포레스터 부인은 소년들이 언덕의 비탈 아래로 사라질 때까지 부엌 창문에서 지켜봤다. 그녀가 보헤미안 요리사를 향해 돌아섰다.

“메리, 오늘 아침에 빵을 구우면서 애들에게 줄 쿠키를 한 판 같이 넣어. 점심 먹을 시간에 내가 가져갈게.”

포레스터 저택이 위치한 둥그스름한 언덕은 앞쪽에 있는 나무다리와 뒤쪽 숲으로 내려가는 길은 경사가 완만했다. 그러나 언덕 동쪽으로 숲이 끝나는 지점에서는 풀로 뒤덮인 높은 강둑이 아래 습지로 낭떠러지처럼 가파르게 떨어졌다. 소년들은 이곳으로 향했다.

점심시간이 되었으나 여태 그들은 계획했던 일을 아무것도 하지 않았다. 그 대신 그들은 아침 내내 야생동물처럼 뛰어놀았다. 바람이 산들거리는 절벽에서 소리를 내지르고, 기다란 잡초 사이사이 반짝이는 이슬이 맺힌 거미줄을 헤치며 은빛 습지로 우르르 뛰어 내려가고, 누르스름한 부들을 휙휙 쓸면서 달렸다. 그들은 모래투성이 냇가에서 첨벙거리다가 늙은 버드나무의 밑동에서 햇볕을 쬐던 줄무늬 물뱀을 쫓기도 하고, 나뭇가지로 새총을 만들고, 냇가 기슭에 배를 깔고 철퍼덕 엎드려서 검푸른 물냉이 수풀로 콸콸 쏟아지는 시원한 샘물을 들이켰다. 라인홀드와 아돌프 블럼, 독일인 형제만이 주위의 소란과 야단법석에 아랑곳하지 않고, 쓰러진 통나무에 갇힌 잔잔한 웅덩이에 들어가서 민물고기를 몇 마리 잡았다.

야생장미가 한껏 화려하게 만개했으며 등심붓꽃은 보랏빛으로 피어났고, 밀크위드에는 은색 꽃망울이 막 맺혔다. 새와 나비가 사방팔방 날아다녔다. 불현듯 바람이 잦아들고 대기가 뜨거워지자 습지에서는 아지랑이가 피어오르고 새들은 자취를 감추었다. 소년들은 피곤했다. 셔츠가 몸에 엉겨 붙고 머리카락이 이마에 달라붙었다. 그들은 후텁지근한 습지를 벗어나 숲으로 가서, 거대한 미루나무의 고마운 그늘이 드리운 깨끗한 풀밭에 누워 점심을 펼쳤다. 블럼 형제는 늘 호밀빵과 말라붙은 치즈 덩어리밖에 가져오지 않았는데, 다른 소년들은 무슨 일이 있어도 이것에 손을 대지 않았을 것이다. 그러나 노골적으로 경멸을 표현할 정도로 무례한 소년은 푸줏간 주인의 빨간 머리 아들 태디어스 그라임스뿐이었다. "집에서는 소시지를 먹으면서 왜 한 번도 안 가져오냐?" 그가 으르렁댔다.

"쉿," 닐 허버트가 말했다. 그가 숲속에서 나부끼는 잎사귀들의 그림자 아래로 빠르게 내려오고 있는 하얀 형체를 가리켰다. 포레스터 부인이었다—맨머릿바람에 바구니를 든 그녀의 검은 머리가 햇살에 파릇하게 빛났다. 피부는 그녀의 강점 중 하나가 아니었으나 그녀가 베일이나 모자를 쓰기 시작한 것은 이로부터 몇 년이 지난 후였다. 그녀의 뺨은 다소 수척하고 창백했으며, 여름에는 주근깨가 군데군데 났다.

그녀가 다가오자 어머니로부터 예절 교육을 철저히 받은 조지 애덤스가 일어났고, 닐도 그의 본보기를 따랐다.

"갓 구운 쿠키를 가져왔으니까 점심이랑 먹으렴." 그녀가 바구니의 보자기를 벗겼다. "뭘 좀 잡았니?"

"낚시는 거의 안 했어요. 그냥 뛰어놀았어요." 조지가 말했다.

"그럴 줄 알았어! 첨벙거리고 놀았겠지." 그녀는 발랄하고 친근하게, 소년들이 좋아하는 말투로 말했다. "나도 꽃을 꺾으러 왔다가 이따금 물에 들어가거든. 도저히 참을 수 없어. 스타킹을 벗어젖히고 치맛자락을 걷어붙이고 첨벙 뛰어드는 거야!" 그녀는 하얀 신발을 앞으로 쑥 내밀며 흔들었다.

"하지만 부인은 수영할 줄 아시죠, 포레스터 부인." 조지가 말했다. "대부분 여자들은 못해요."

"아냐, 할 수 있어! 캘리포니아에서는 다들 수영해. 그렇지만 스위트워터에서는 수영하고 싶은 생각이 별로 안 들어. 흙탕물에다가 물뱀에 거머리까지 있잖니, 아휴!" 그녀가 웃으면서 몸을 부르르 떨었다.

"오늘 아침에 물뱀을 보고 쫓아 버렸어요. 아무것도 아니에요!" 태드 그라임스가 말했다.

"왜 안 잡았니? 다음번에 내가 물에 들어가면 발가락을 깨물 거야! 이제 점심 먹으렴. 이따 집에 가는 길에 조지가 메리한테 바구니를 가져다주면 되겠다." 그녀는 떠났고, 숲의 언저리를 따라 사뿐사뿐 올라가다 울타리 옆으로 웃자란 산딸기를 보느라 드문드문 멈추는 하얀 형체를 소년들은 지켜보았다.

"쿠키가 꽤 맛있는데." 까무잡잡한 위버 쌍둥이 한 명이 실실거리며 말했다. 독일인 형제는 말없이 우걱우걱 먹기만 했다. 소년들 모두 포레스터 부인이 메리를 보내는 대신 직접 와서 기뻤다. 그라임스 집안의 특징인 붉은 더벅머리와 메기 입을 지닌 거친 꼬마 태드 그라임스조차 포레스터 부인이 매우 특별한 사람이라는 걸 느꼈다. 조지와 닐은 그녀가 타운의 다른 여자들과 다르며, 무엇이 그녀를 그토록 특별하게 만드는지 곰곰 생각할 정도로 이미 나이가 들었다. 블럼 형제는 쥐가 파먹은 듯하고 흐릿한 머리칼 아래에서 검손히 그녀를 올려다보며, 이 세상의 부유하고 지체 높은 사람들 중 하나로 생각했다. 그녀처럼 운이 좋은 특권 계층이 존재한다는 것이 사회질서의 자명한 사실이라는 것을 형제는 다른 소년들보다 통렬히 느꼈다.

점심을 다 먹은 소년들이 풀밭에 누워서 포머로이 판사의 워터 스패니얼 패니를 누가 독살했는지 뻔하다고 이야기하고 있는데, 두 번째로 손님이 찾아왔다.

"야, 조용히 해. 저기 그 형이 오잖아. 포이즌 아이비야." 위버 쌍둥이 한 명이 말했다. "입 다물고 있어. 우리 로저를 독살하면 어떡해."

열여덟이나 열아홉 살 정도의 다 자란 소년이 해진 코듀로이 사냥복 차림에 총과 사냥 가방을 둘러메고 습지에서 올라와서, 나무들 사이로 숲을 내려오고 있었다. 그는 등에

쇠막대기를 받치고 있기라도 한 양 부자연스럽게 몸을 꼿꼿이 세우고 나뭇가지를 걷어차며 시건방지고 오만하게 걸었다. 고개를 곧추세운 모습이 어딘가 반항적이고 수상쩍었다. 그는 소년들에게 다가와 우월감이 밴 말투로 깔보듯이 말을 걸었다.

"꼬마들, 너희가 여기서 뭐 하냐?"

"소풍 왔는데요." 에드 엘리엇이 말했다.

"소풍은 계집애들이나 가는 줄 알았는데. 선생을 데려왔냐? 사냥할 나이는 되지 않았어?"

조지 애덤스가 그를 멸시하듯 바라봤다. "당연하죠. 작년 생일에 레밍턴 22구경을 선물로 받았어요. 하지만 총을 여기에 가져오면 안 된다는 것쯤은 알아요. 당신도 총을 숨기는 게 좋을 거예요, 아이비 씨. 안 그러면 포레스터 부인이 와서 나가라고 할 거예요."

"집에서는 여기가 안 보여. 그리고 어쨌든 그 여자는 나한테 아무 말도 못 해. 나보다 뭐가 잘났다고."

소년들은 대꾸하지 않았다. 입을 헤벌린 태드가 들어도 어처구니없는 말이었다. 태드 아버지의 장사는 세상에 남들보다 잘난 사람들이 존재하고, 결과적으로 그들이 더 품질 좋은 고기를 주문하는 것에 달려 있었다. 모두가 아이비 피터스네 가족처럼 라운드 스테이크를 먹었다면 푸줏간 주인의 장사는 남는 게 없었을 것이다.

그러나 아이비는 나무 뒤에 총과 사냥 가방을 내려놓고, 여전히 뻣뻣하게 서서 번들거리는 실눈으로 소년들을 둘러보며 모두를 불편하게 하고 있었다. 조지와 닐은 아이비를 쳐다보기 싫었는데도 어쩐지 신기해서 눈을 뗄 수 없었다. 그의 빨간 얼굴은 마치 벌에 쏘이거나 포이즌 아이비[2]에 긁혀 부은 것처럼 딴딴해 보였다. 그러나 포이즌 아이비라는 별명은 그가 포머로이 판사의 재롱둥이 워터 스패니얼 이전에도 개를 여러 마리 '해치웠다'라는 악명에서 기인했다. 그가 개를 싫어하며 끝내 죽이고야 만다는 소문이 소년들 사이에서 돌았다.

아이비의 빨간 얼굴은 녹가루같이 작은 주근깨로 덮여 있었고, 딴딴한 양쪽 뺨에는 나무 옹이처럼 둥그렇게 파인 자국이 있었는데, 영구적으로 자리한 이 보조개는 그의 인상을 전혀 부드럽게 하지 않았다. 그의 눈은 매우 작았고, 속눈썹이 없어서인지 동공이 뱀이나 도마뱀의 눈처럼 깜박이지 않고 단단하게 박혀 있는 것처럼 보였다. 얼굴과 마찬가지로 부어 보이는 손은 피부가 지나치게 당겨지기라도

2. 덩굴옻나무.

한 듯 손등과 마디에 깊게 주름이 갔다. 아이비 피터스는 추한 소년이었고, 그는 그 사실을 즐겼다.

그는 소년들에게 지금은 사냥하기에 너무 덥지만, 나중에 습지에 슬그머니 내려가서 해 질 녘에 나타나는 오리를 몇 마리 잡을 계획이라고 말했다. "대령이 날 발견하기 전에 옥수수밭을 지나갈 수 있어. 노인네는 잘 못 뛰거든."

"당신 아버지한테 말할걸요."

"우리 아버지가 신경이나 쓸 것 같냐!" 잠시도 가만있지 않는 그의 눈이 나뭇가지를 훑고 있었다. "저기 딱따구리가 나무 쪼는 걸 좀 봐라. 우리를 본 척도 안 하네. 겁대가리가 없는걸!"

"여기에서 보호를 받으니까 사람을 두려워하지 않는 거예요." 사리 분별이 정확한 조지가 말했다.

"흠! 저러다가는 노인네 숲이 망가질 텐데. 저 나무에는 벌써 구멍이 잔뜩 생겼잖아. 그만 고분고분 내려오지 못할까!"

닐과 조지가 동시에 몸을 일으켰다. "여기에서 총 쏘지 마요. 우리까지 혼날 거예요."

"포레스터 부인이 집에서 곧바로 내려올 거예요." 에드 엘리엇이 외쳤다.

"잘난 체하는 그 여자더러 오라고 해! 그리고 내가 언제 총을 쏜다고 했냐? 개를 잡을 때는 버터로 목구멍을 틀어막는 것 말고도 여러 방법이 있거든."

그의 파렴치한 말에 소년들은 놀란 눈빛을 교환했고, 위버 쌍둥이가 동시에 낄낄거리기 시작하더니 배를 잡고 굴렀다. 그러나 아이비는 개에 관해서 자신이 특별히 전문가로 여겨지는 것을 모르는 듯했다. 그는 주머니에서 쇠로 만든 새총과 둥글둥글한 자갈을 몇 개 꺼냈다. "죽이지 않을 거야. 그냥 좀 놀래서 구경이나 하지."

"못 맞힐걸요!"

"맞힐걸!" 그는 가죽끈에 돌을 끼우고 한쪽 눈을 감고서 새총을 쏘았다. 예상대로 딱따구리는 그의 발치에 떨어졌다. 그는 검고 두꺼운 중절모를 벗어 새를 덮었다. 아이비는 날씨가 최고로 더운 날에도 밀짚모자를 쓰지 않았다. "기다려. 정신 차릴 거야. 이놈이 퍼덕거리는 소리가 곧 들릴 거라고."

"어쨌든 이건 수컷이 아니라 암컷이에요. 그 정도는 누구나 알 텐데요." 모두가 싫어하는 소년이 와서 자신들의 오후를 망쳤다는 생각에 짜증이 난 닐이 무시하는 말투로 말했다. 그는 삼촌의 스패니얼을 죽인 아이비에게 화가 나 있었다.

"알았네요, 미스 암컷." 자기가 하려는 일에 몰두한 아이비가 무심히 말했다. 그는 주머니에서 조그맣고 빨간 가죽 상자를 꺼냈다. 그가 뚜껑을 여니 상자 속 기묘한 도구들이 보였다. 예리하고 작은 칼날들, 갈고리, 구부러진 바늘, 톱니, 바람총 그리고 가위.

"몇 개는 '유스 컴패니언'에서 박제용 작업복이랑 같이 받았지. 다른 것들은 내가 직접 만들었고." 그는 뻣뻣하게 무릎을 꿇고 앉아—그의 관절은 구부러지기를 거부하는 듯 했다—모자 옆에 귀를 가져다 대었다. "귀뚜라미처럼 팔팔하네." 그가 말했다. 갑작스레 그는 모자챙 아래로 손을 쑥 넣더니 놀란 새를 끌어냈다. 새는 피를 흘리고 있지 않았으며 다친 것 같지도 않았다.

"자, 잘 봐라. 재밌는 걸 보여 줄 테니." 아이비가 말했다. 그는 엄지와 검지로 바이스를 만들어 딱따구리의 머리를 꽉 죄더니 헐떡이는 몸통을 손바닥으로 거머쥐었다. 눈 깜짝할 새 일이었다. 몇 번이나 연습한 듯 능란하게, 그는 조그만 칼날로 새의 아둔한 작은 머리에서 빛나던 두 눈을 베더니 즉시 손에서 놓았다.

코르크스크루처럼 빙글빙글 돌면서 하늘로 치솟은 딱따

구리는 오른쪽으로 휙 날아가다 나무 몸통에 부딪히고 왼쪽으로 날아가다 다른 나무에 부딪혔다. 상하좌우로, 새는 얽히고설킨 나뭇가지 사이에서 푸드덕거리다가 깃털을 여기저기 긁혔고, 추락하다가 날아오르기를 반복했다. 분개한 소년들은 불편한 심정으로 어쩔 줄 모르고 쳐다보기만 했다. 그들이 특별히 예민한 소년들은 아니었다. 태드는 도축장에서 일이 있을 때마다 거들었고, 블럼 형제는 사냥으로 생계를 마련했다. 다친 딱따구리 때문에 자신들이 이렇게까지 동요했다는 사실을 그들도 믿기 힘들었을 터였다. 눈먼 새가 나뭇가지 틈바구니에서 푸드덕거리고, 결코 볼 수 없는 햇빛 속에서 빙글빙글 회전하면서, 새들이 물을 마실 때 그리하듯 연거푸 머리를 앞으로 내밀고 까닥거리는 모습에 무언가 절박하고 충격적인 느낌이 있었다. 잠시 후 새는 새총에 맞았을 때 서 있던 나뭇가지에 다시 두 다리를 올려놓는 데 성공했고, 그 느낌을 감지한 듯했다. 상처를 입으며 교훈을 얻은 듯, 새는 나무를 쪼아 비집고 들어가 자신의 구멍 속으로 사라졌다.

"그래." 닐 허버트가 잇새로 외쳤다. "내가 지금 가서 잡으면 고통에서 벗어나게 해줄 수 있을 거야. 라인, 네 등에 좀 올라갈게."

소년들 가운데 가장 키가 큰 라인홀드가 순순히 자신의 여윈 등을 내주었다. 미루나무는 타고 올라가기가 까다로웠다. 나무껍질이 거칠었으며 몸통의 높은 곳에서부터 가지가 자랐다. 발을 디딜 수 있는 첫 가지에 올라가는 동안 닐은 바지가 찢기고 맨다리를 심하게 긁혔다. 잠시 숨을 고른 그는 성가시게도 까마득히 높이 있는 딱따구리의 구멍을 향해 다시 나무를 타기 시작했다. 그가 구멍에 거의 이르렀으며 나무 아래 친구들도 그가 안전하다고 생각한 순간 갑작스레 그는 중심을 잃더니 공중에서 제비를 돌면서 추락해 그들의 발밑 풀밭에 떨어졌다. 그는 쓰러진 채로 꼼짝도 하지 않았다.

"물을 가져와!"

"포레스터 부인을 불러! 위스키를 달라고 해."

"아니야," 조지 애덤스가 말했다. "업어서 집으로 데려가자. 어떻게 해야 하는지 부인께서 아실 거야."

"말 되네." 아이비 피터스가 말했다. 다른 소년들보다 체격이 훨씬 크고 힘이 센 그가 닐의 축 늘어진 몸을 둘러업고 언덕을 올라가기 시작했다. 포레스터 부부의 집에 들어가 실내를 구경할 절호의 기회라는 생각이 그의 뇌리에 스쳤는데, 그가 꼭 한번 해보고 싶던 일이었다.

요리사 메리가 부엌 창문으로 그들을 보고 안주인에게 달려갔다. 그날 마침 포레스터 씨는 캔자스 시티에 가고 없었다.

포레스터 부인이 뒷문으로 나왔다. "무슨 일이야? 그것도 닐이잖아! 이쪽으로 와."

아이비 피터스는 주의 깊게 관찰하며 그녀를 따라갔고 나머지 소년들도 우르르 뒤를 쫓았다. 자신들의 자리가 부엌문 밖이라는 것을 아는 블럼 형제만이 뒤에 남았다. 포레스터 부인은 다용도실과 식당, 후면 응접실을 지나 자신의 침실로 앞장섰다. 그녀가 흰 침대보를 깔자 아이비가 그 위에 닐을 눕혔다. 포레스터 부인은 근심스러워 보였으나 겁에 질린 기색은 아니었다.

"메리, 식기장에서 브랜디를 가져와. 조지, 데니슨 선생님께 전화해서 우리 집으로 당장 와달라고 말씀드려. 그리고 애들이랑 같이 앞쪽 포치로 나가서 조용히 기다리렴. 여기 사람이 너무 많구나." 그녀는 침대 옆에 무릎을 꿇고 앉아 티스푼으로 닐의 창백한 입술 사이에 브랜디를 흘려 넣었다. 어린 소년들은 물러났으나 아이비 피터스는 침실 바로 밖에 있는 후면 응접실에 남아 팔짱을 끼고, 깜빡임 없는 뻔뻔한 눈으로 방을 샅샅이 뜯어보았다.

포레스터 부인이 어깨 너머로 그를 힐끔 보았다. "너도 포치에 나가서 기다릴래? 네가 다른 아이들보다 나이도 많잖니. 필요한 일이 있으면 내가 널 부르면 돼."

아이비는 자기 자신을 욕하면서도 나갈 수밖에 없었다. 예의를 갖춘 명령 같은 그녀의 말투에는 감히 대꾸할 수 없는 느낌이 서려 있었다—그는 그것을 도도함이라고 불렀다. 원래 그는 응접실에서 가장 큰 가죽 의자에 다리를 꼬고 앉아 느긋하게 있을 요량이었다. 그러나 섬세하게 억양을 조절한 그녀의 목소리에 그는 타운에서 가장 힘센 깡패한테 쫓겨나기라도 한 것처럼 정면 포치로 내몰렸다.

정신을 차린 닐은 어리둥절하여, 반쯤 어둠에 잠겨 있으며 큼직한 구식 호두나무 가구로 꽉 채워진 커다란 방을 둘러보았다. 그는 흰 침대에서 주름 장식이 달린 베개를 베고 누워 있었으며, 포레스터 부인이 옆에 무릎을 꿇고 앉아 향수에 적신 손수건으로 그의 이마를 닦아 주고 있었다. 보헤미안 메리가 물이 든 세숫대야를 들고 뒤에 서 있었다. "아야, 내 팔!" 그가 신음했다. 얼굴에서 식은땀이 흘렀다.

"그래, 유감이지만 팔이 부러진 것 같구나. 움직이지 마. 데니슨 선생님께서 금세 오실 거야. 많이 아프지는 않지?"

"네." 그가 희미하게 대답했다. 그는 고통스러웠으나 기분이 나른하고 만족스러웠다. 어둑어둑한 방은 시원하고 고요했다. 그의 집에서는 아플 때 모든 것이 끔찍했다... 포레스터 부인의 손가락은 참으로 부드러웠으며 그녀는 실로 사랑스러운 숙녀분이었다. 주름 잡힌 레이스 뒤로 가삐 오르내리는 흰 목이 보였다. 불현듯 그녀는 반짝거리는 반지들을 빼려고 일어나더니―이제야 반지가 생각난 것이었다―마치 손을 씻는 것처럼 단숨에 손가락에서 반지들을 빼내어 메리의 널찍한 손바닥에 떨어뜨렸다. 어린 소년은 이렇게 아름다운 곳에 다시는 못 와보리라 생각했다. 기다란 창문은 문처럼 거의 굽도리까지 내려왔고, 닫혀 있는 녹색 셔터 사이사이로 스며드는 햇빛이 반질반질한 바닥과 서랍장 위의 은색 물건들 표면에서 아롱거렸다. 묵직한 커튼은 밧줄처럼 굵은 줄로 뒤로 묶여 있었다. 대리석이 깔린 세면대는 식기장만큼이나 컸다. 거대한 호두나무 가구는 전부 옅은 색의 나무로 아로새겨져 있었다. 전동실톱을 하나 가지고 있는 닐은 상감 무늬에 흥미를 느꼈다.

"이제 좀 괜찮아 보이네. 그렇지 않아, 메리?" 포레스터 부인은 그의 검은 머리칼을 손으로 쓸어 넘기고 이마에 가볍게 입을 맞추었다. 오, 부인에게서 얼마나 달콤한 향이 나는지!

"다리에서 바퀴 소리가 났어. 데니슨 선생님이야. 메리, 나가서 선생님을 모시고 오렴."

데니슨 선생은 닐의 팔을 고정하고 자신의 사륜마차에 태워 집에 데려다주었다. 집은 유쾌한 곳이 아니었다. 달걀 껍데기로 지은 양 허술한 집은 별 볼 일 없는 사람들이 모여 사는 초원의 끄트머리에 위치했다. 그가 포머로이 판사의 조카가 아니었다면 닐 역시 포레스터 부인이 길에서 환한 미소와 함께 고갯짓만 해주는 소년들 중 하나였을 것이다. 그의 아버지는 홀아비였다. 가난한 노처녀 사촌이 켄터키에서 건너와 살림을 도와주었는데, 닐은 그녀가 세상 최악의 가정부라고 생각했다. 집에는 대개 세탁의 갖가지 단계에 머무르고 있는 옷가지가 널려 있었고, 리넨은 양동이 물속에 마냥 담겨 있었으며, 침대는 사촌 세이디가 오후 몇 시에건 정리할 생각이 날 때까지 '통풍'을 시켰다. 그녀는 아침을 먹고 나서 빈둥거리며 살인 사건 기사를 읽거나, 너무 많이 읽어서 너덜너덜해진 『세인트 엘모』[3]를 붙들고 있기를 좋아했다. 마음씨 착한 세이디는 언제나 이웃을 거들러 달려 나갔으나, 닐은 누가 집에 방문하는 것을 질색했다. 그의 아버지는 사무실에서 살다시피 하면서 집에는 얼

3. 19세기 베스트셀러였던 어거스타 제인 에반스의 소설.

굴을 잘 비치지 않았다. 그는 카운티 등기부를 관리하고 농부들을 상대로 대출업을 해서 돈을 벌었다. 자신의 땅을 날려 버린 그는 다른 사람들의 돈을 대신 투자해 주었다. 그는 젊고 미남이었으며, 상냥하고 친절하고 예의가 발랐다. 그러나 닐은 자신의 가족에게 실패와 패배의 그림자가 드리워 있다고 생각했다. 그는 구레나룻이 희끗희끗하고 투실투실한 외삼촌 포머로이 판사에게 꼭 붙어 있었다. 삼촌은 포레스터 대령의 법률고문이자 포레스터 저택을 방문하는 위대한 남자들의 친구였다. 닐은 어머니처럼 자존심이 강했다. 그녀는 그가 다섯 살 때 죽었다. 서부를 혐오했던 그녀는 켄터키의 파이에이트 카운티 말고 딴 지역에서는 살 생각조차 할 수 없다고 이웃들 앞에서 오만하게 선언하면서, 자기 가족은 오로지 투자를 하고 크라운을 파운드[4]로 키우기 위해 이곳으로 왔다고 말했다. 그 딱한 여인은 여전히 그 말로 기억되었다.

---

4. 돈을 4배로 불리고 싶다는 뜻. 지금은 통용되지 않는 화폐인 크라운은 5실링이었다. 파운드는 20실링이다.

III

　다음 몇 년간 닐은 포레스터 부인을 거의 보지 못했다. 그녀는 여름과 함께 나타났다가 사라지는 즐거움이었다. 포레스터 부부는 매년 겨울을 덴버와 콜로라도 스프링스에서 보냈다. 그들은 추수감사절이 지나자마자 스위트워터를 떠나서 5월 1일까지 돌아오지 않았다. 닐은 포레스터 부인이 자신을 예뻐한다는 사실을 알았으나, 그녀는 성장하는 소년들에게 할애할 시간이 없었다. 그녀가 스위트워터로 놀러 온 친구들을 위해 저녁 야유회를 차리거나 달밤에 숲속에서 댄스파티를 열면 닐은 빠짐없이 초대받았다. 그는 블럼 형제와 함께 습지를 오가는 길에 왜건에 친구들을 태우고 가는 대령과 가끔 마주쳤고, 포레스터 부인이 여는 만찬에서 시중을 드는 포머로이 판사의 충직한 흑인 하인 블랙 톰으로부터 이들에 관한 이야기를 들었다.

　그러다 포레스터 대령의 철도 건설업자 경력을 끊은 사

고가 났다. 말에서 떨어지며 다친 대령은 콜로라도 스프링스에 있는 앤틀러스 호텔[5]에서 겨우내 병치레했다. 여름이 되어 포레스터 부인이 그를 스위트워터로 데려왔을 때도 그는 여전히 지팡이를 짚고 걸었다. 살이 무척 많이 찐 대령은 자신의 몸집을 버거워하는 것처럼 보였으며, 철도 건설업에 복귀하는 것에 대해서는 일언반구도 없었다. 정원을 가꿀 체력은 아직 남아 있었던지라, 그는 라일락 관목과 백당나무를 손질하고 장미를 키우는 데 많은 시간을 쏟았다. 겨울이 오면 여전히 그들은 여행을 떠났으나, 매년 그 기간이 단축되었다.

그사이에 스위트워터도 변하고 있었다. 타운의 전망은 더는 밝지 않았다. 농사가 연달아 실패하며 농부들의 사기를 꺾었다. 조지 애덤스와 그의 가족은 서부에 대한 환멸만 안고 매사추세츠주로 돌아갔다. 하나둘씩, 다른 신사 목장주들이 그들의 뒤를 따랐다. 포레스터 저택을 찾아가는 손님이 줄었다. 사람들은 벌링턴이 '뿔을 거두고 있다'라고 수군거렸고, 철도 회사 직원들은 스위트워터에 발길을 끊기 시작했으며, 결코 회수할 수 없는 돈을 잃어버린 타운을 서

---

5. 1883년에 개관한 앤틀러스 호텔은 당시 서부에서 가장 안락하고 훌륭한 호텔이라는 평을 받았다.

둘러 지나치려 했다.

닐 허버트의 아버지는 벼랑으로 밀린 첫 실패자 중 하나였다. 그는 작은 집을 처분하고 세이디를 켄터키로 돌려보냈으며, 사무원 자리를 얻어 덴버로 이사했다. 그는 닐이 삼촌에게서 법률을 배울 수 있게 스위트워터에 두고 갔다. 닐은 법률에 무관심했으나 포머로이 판사 곁에 머물고 싶었고, 하여튼 현재로서는 그가 이곳에 사는 편이 나았다. 그의 어머니가 유산으로 남긴 몇천 파운드는 그가 스물한 살이 되어야만 받을 수 있었다.

닐은 타운에서 외관이 가장 허세스러운 벽돌 건물 2층에 있는 판사의 법률사무소 뒷방에 자신의 보금자리를 마련했다. 이곳에서 수도승처럼 청결하고 엄격한 생활을 시작한 그는 사촌 세이디와 그녀가 엉망진창으로 관리한 집을 벗어나서 다행이라고 내심 생각했으며, 삼촌처럼 독신으로 살기로 마음먹었다. 그는 삼촌의 사무소도 관리했다. 그 말인즉, 그가 청소부 역할을 도맡아서 자기 취향대로 정돈했는데, 방이 무척이나 쾌적해져서 판사의 친구들 모두, 특히 포레스터 대령이 그 언제보다 자주 놀러 왔다.

판사는 조카가 자랑스러웠다. 이제 열아홉 살이 된 닐은 훤칠하고 자세가 꼿꼿하며 진중한 소년이었다. 이목구비가 반듯했고, 기다란 속눈썹 아래 검게 보이는 짙은 회색 눈동자는 다소 침울하고 도전적이었다. 당시 젊은이들에게 세상은 썩 밝아 보이지 않았다. 그의 과묵한 성향은 수줍음이나 허세가 아니라 비판적으로 사고하는 습관에서 비롯되었고, 따라서 그는 나이보다 성숙하고 조금 냉정해 보였다.

크리스마스가 코앞으로 다가온 어느 겨울날 오후, 닐은 뒷방에서 그가 때로는 일하고 때로는 빈둥거리는 길쭉한 책상 앞에 앉아 있었다. 시의원과 법관들의 근엄한 동판화와 포머로이 판사의 훌륭한 법률 장서가 방의 사면을 둘러쌌다. 그의 삼촌은 앞쪽 사무실의 자기 책상에서 농부 고객과 친근하게 상담 중이었다. 필사하고 있는 서류에 질릴 대로 질린 닐이 사무실을 빠져나갈 핑곗거리를 찾고 있는데, 바깥 복도에서 가볍고 날랜 걸음 소리가 울렸다. 앞쪽 사무실의 문이 열렸고, 삼촌이 벌떡 일어나는 소리와 함께 여자의 웃음소리가 들려 왔다. 매끄러운 음계처럼 오르내리는 음악적인 소리였다. 그는 앞쪽 사무실로 통하는 이중문을 어깨 너머로 볼 수 있게 회전의자에서 빙그르르 몸을 돌렸다. 판사와 당황한 농부 앞에서 포머로이 부인이 머프[6]를 흔들고 있었다. 그녀의 재빠른 눈이 책상에 쌓인 서류 사이에서 버번 한 병과 잔 두 개를 포착했다.

"이런 식으로 재판을 준비하시나요, 판사님? 닐한테 어떤 본보기를 보이시는 거예요!" 그녀가 문틈을 빼꼼 들여다보며 자리에서 일어난 소년에게 고개를 끄덕였다.

하지만 닐은 뒷방에 남아서, 판사가 밀어 준 의자를 거절하고 그가 정중히 가리키는 버번에 손사래를 치는 그녀를 바라보았다. 판사의 책상 옆에 선 그녀는 긴 물개 가죽 코트에 모자를 썼고, 목깃 위로 진홍색 스카프가 얼핏 보였으며, 점이 박힌 갈색 베일을 눈 위에 둘렀다. 그러나 베일 아래에서도, 하얗고 좁은 이마와 활처럼 곡선을 그리는 눈썹 밑 그녀의 아름다운 검은 눈은 여전히 환하게 빛났다. 얼음처럼 차가운 바깥 공기도 그녀의 뺨에 색을 입히지 못했다. 그녀의 피부는 언제나 흰 라일락 꽃처럼 향긋하고 투명한 백색이었다. 포레스터 부인이 누군가를 바라보면 상대는 곧바로 그녀에게 매료되었다. 그것은 순간적인 반응이었으며, 아무리 두꺼운 껍질도 뚫고야 말았다. 판사를 따라

_____

6. 모피 뒷면에 헝겊을 대어 토시 모양으로 만들어서 양쪽으로 손을 넣게 된 방한 용구.

자리에서 일어난 스웨덴인 농부 역시 이제 입꼬리가 귀에 걸릴 듯이 싱글거리고 있었다. 포레스터 부인과의 만남은 아주 사소하게라도 불쾌한 느낌을 남기지 않았다. 그녀가 가볍게 묵례하거나 눈길만 던져도 개인적인 친밀함이 형성되었다. 그녀의 매력이 순식간에 상대를 사로잡으며, 상대는 그녀라는 사람 자체와 그 우아함과 연약함, 말없이 너무나도 많은 것을 이야기하는 그녀의 입과 더불어 거의 항상 가벼운 조롱기와 미소가 넘실거리는, 생기발랄하고 친근한 눈빛을 강하게 의식했다.

"판사님, 내일 저녁에 닐을 데리고 식사하러 오시겠어요? 그리고 톰을 보내 주실 수 있을까요? 방금 막 전보가 왔는데, 오그던가 사람들이 방문한대요. 딸을 학교에서 데려오느라 동부에 갔다가 오는 길인가 봐요. 딸이 이하선염인가, 여하튼 무슨 병을 앓아서요. 크리스마스에 맞추어 집에 가려는데 우리 집에서 이틀간 머무르겠다고 하네요. 덴버에서 프랭크 엘린저도 올 거 같아요."

"포레스터 부인과 식사하는 것만큼 즐겁게 기대할 수 있는 일은 없습니다." 판사가 힘주어 말했다.

"고마워요!" 그녀는 장난스럽게 절하고 이중문을 향해 돌아섰다. "닐, 나를 집에 데려다줄 시간 있니? 포레스터 씨는 은행에서 용건이 있어서 붙잡히셨단다."

닐은 늑대 가죽 코트를 걸쳤다. 포레스터 부인은 그의 해진 소매를 잡고 잰걸음으로 긴 복도와 좁은 계단을 지나 거리로 나갔다.

길가에 세워져 있는 그녀의 썰매는 농장용 썰매와 왜건들 사이에서 색칠된 장난감처럼 보였다. 닐은 포레스터 부인에게 버펄로 담요를 둘러주고 조랑말들을 매어 놓은 줄을 푼 다음에, 썰매에 훌쩍 뛰어올라 그녀 옆에 앉았다. 무작정 출발한 말들은 꽁꽁 얼고 인적이 뜸한 대로를 달리다 얼어붙은 시내를 건넜고, 양버들 사이 오솔길을 달려 언덕 위 집으로 올라갔다. 느지막한 오후의 태양이 눈으로 뒤덮인 목초지에서 타올랐다. 앙상한 가지만 남아 수척하고 음산한 양버들이 매우 크고 꼿꼿해 보였다. 포레스터 부인은 바람을 막으려고 얼굴 앞에 머프를 든 채로 닐을 바라보며 수다를 떨었다.

"콘스턴스 오그던 양 접대를 네가 맡아 줬으면 해. 내일모레 오후에 와서 그 애랑 놀아 줄래? 변호사로서 네 임무가 아직 막중하지는 않지?" 그녀가 놀리듯 웃었다. "열아홉 살짜리 여자애랑 내가 뭘 하겠니? 게다가 그 애는 대학생이야. 그런 애랑 교양 있는 대화를 나눌 자신이 없는걸."

46

"저도 없어요!" 닐이 외쳤다.

"아, 하지만 넌 남자애잖아! 그 애가 좀 더 가벼운 주제에 흥미를 갖게 할 수 있겠지. 예쁘다고 하던데."

"부인도 그렇게 생각하세요?"

"최근에는 본 적 없어. 옛날에는 참 예뻤지—눈은 청자 같은 푸른빛에 금발이 풍성해. 사실, 금발이라고는 할 수 없어. 사람들이 잿빛 금발이라고 부르는 색이야."

포레스터 부인이 다른 여자들의 미모를 묘사할 때는 늘 조금 놀린다는 것을 닐은 눈치챘다.

그들이 집 앞에 도착하자 벤 키저가 부엌에서 나와서 말들을 데려갔다.

"벤, 6시에 포레스터 씨를 모시러 가야 해. 닐, 잠깐 들어와서 몸 좀 녹이고 가렴." 그녀는 겨울철에 정문을 보호하는 작은 태풍 방지문을 지나 닐을 현관으로 안내했다. "코트를 벽에 걸고 이쪽으로 와." 그는 그녀의 뒤를 따라 응접실을 지나 거실로 들어갔다. 벽난로의 검은 선반 아래 주철 화로에서 타닥타닥 불이 타고 있었다. 그는 포레스터 대령이 점심 식사 후에 꾸벅꾸벅 조는 커다란 가죽 의자에 앉았다. 윗부분에 조각이 되고 유리문이 달린 호두나무 책장들에 둘러싸인 거실은 다소 어두침침했다. 바닥에는 붉은 카펫이 깔렸고, 벽에는 거대한 구식 판화가 두 점 걸려 있었다. '폼페이 최후의 날 시인의 집'과 '엘리자베스 여왕 앞에서 낭독하는 셰익스피어'였다.

포레스터 부인은 그를 방에 혼자 두고 나갔다가 디캔터와 셰리 잔 두 개가 놓인 쟁반을 들고 곧 돌아왔다. 그녀는 남편의 시가 테이블에 쟁반을 올려놓고 한 잔은 닐, 다른 한 잔은 자기 몫으로 따랐다. 그녀는 소파 팔걸이에 걸터앉아 셰리를 홀짝이면서, 은제 버클이 달린 슬리퍼를 신은 작은 발을 발갛게 빛나는 석탄 앞에 내밀었다.

"크리스마스가 지나고도 여기에 머무르시니까 참 좋네요." 닐이 말했다. "제가 기억하기로는 대령님과 부인이 스위트워터에서 크리스마스를 보낸 적은 딱 한 번뿐이에요."

"유감이지만 이번 해는 겨우내 여기 있을 거 같아. 우리가 지금 여행을 다닐 형편이 안 된다고 포레스터 씨가 생각하시거든. 왠지 모르지만 우린 지금 퍽이나 가난하단다."

"모두가 그렇죠." 소년이 우울하게 대답했다.

"맞아. 다들 힘들지. 하여튼, 그렇다고 침울해서 좋을 건 없어, 그렇지?" 그녀는 두 잔을 다시 따랐다. "나는 오후 이맘때쯤에 항상 셰리를 마셔. 콜로라도 스프링스에 있는 내 친구들 몇 명은 영국인처럼 차를 마시지만, 난 차를 마시면 꼭 할머니가 된 기분일 거야! 더구나 셰리가 내 목에 좋거든." 닐은 허약한 폐와 이따금 터져 나오는 끔찍한 객혈에 대한 전설을 기억했다. 그러나 그녀에게서 폐병의 기미는 느껴지지 않았다. 그녀가 과연 가냘프기는 했으나, 가볍고 톡톡 튀는 활력이 깃들어 있었다. "어쩌면 네 눈에는 내가 늙어 보이겠구나, 닐? 차를 마시고 모자[7]를 써야 할 정도로 말이야!"

그가 진지하게 웃었다. "부인은 제게 늘 같은 모습이에요."

"그래? 그게 어떤 건데?"

"우아하세요. 그냥 우아하세요."

그녀는 몸을 앞으로 기울여 잔을 내려놓으며 그의 뺨을 토닥였다. "아, 넌 콘스턴스를 아주 잘 다룰 거야!" 그리고 심각한 표정으로 말했다. "내가 정말 그렇게 보인다면 기뻐. 이번 겨울에 자주 놀러 올 만큼 네가 나를 좋아했으면 좋겠어. 삼촌이랑 같이 와서 넷이서 휘스트[8]를 하자. 포레

---

7. 19세기에 초중반에 기혼 여성은 관습적으로 실내에서도 무슬린이나 레이스가 달린 모자를 썼으나 후반에 와서는 나이가 많은 여성만 썼다.

8. 네 사람이 두 명씩 편을 먹고 치는 카드 게임으로 18세기와 19세기에 크게 유행했다.

스터 씨는 저녁에 꼭 카드를 치셔야 하거든. 닐, 대령님이 요즘 더 아파 보인다고 생각하니? 대령님 상태가 불확실하게 느껴지면 몹시 겁이 나. 하지만 운이 좋을 거라고 믿어야지!" 그녀는 반쯤 비어 있는 셰리 잔을 불빛 앞으로 가져갔다.

닐은 백합 문장 형태로 작은 진주알과 가넷이 박힌 그녀의 기다란 귀걸이가 불빛에 반짝이는 모습이 좋았다. 그가 아는 여자들 가운데 귀걸이를 하는 여자는 그녀뿐이었다. 그녀의 수척하고 세모진 두 뺨 옆에 귀걸이는 자연스럽게 어울렸다. 포레스터 대령은 그녀에게 더 값비싼 귀걸이를 선물했으나, 그녀가 이 귀걸이를 하는 것을 좋아했다. 그의 어머니가 남긴 유품이기 때문이었다. 또한, 그는 자신의 아내가 보석을 착용한다는 사실을 흐뭇해했다. 그에게 의미 있는 일이었다. 그녀는 부엌에서 일할 때가 아니면 자신의 아름다운 반지들을 절대 빼지 않았다.

"시골에서 겨울을 보내면 대령님 건강에 좋을지도 몰라." 자신들에게 닥친 난관의 결말을 읽으려는 것처럼 말 없이 불을 응시하던 포레스터 부인이 말했다. "이곳을 무척 사랑하시거든. 하지만 대령님이 시내에 나가면 너랑 판사님이 잘 지켜봐야 해. 대령님이 피곤하거나 좀 이상해 보이면 아무 핑계나 지어내서 집으로 모시고 와. 예전처럼 술을 한두 잔 하시지도 못해." 그녀는 식당으로 통하는 문이 닫혀 있는지 어깨 너머로 확인했다. "작년 겨울에 앤틀러스 호텔에서 오랜 친구들이랑 술을 드셨어. 평소처럼 그냥 몇 잔 드신 거야. 남자라면 당연히 할 수 있어야 하듯이. 그런데 그게 대령님에게는 무리였어. 내가 타고 있던 마차로 오려면 호텔 앞으로 한참 걸으셔야 했는데, 도중에 넘어지셨어. 길이 얼어 있지 않았으니까 미끄러지신 게 아니라 걸음이 불안정했던 거야. 다시 일어나기도 어려워하셨어. 그때 생각을 하면 지금도 몸이 벌벌 떨려. 나는 산이 무너진 것 같은 기분이었어."

잠시 후 닐은 불긋불긋한 석양의 빛줄기를 바라보며 벅찬 심정으로 언덕을 뛰어 내려오고 있었다. 아, 이번 겨울은 나쁘지 않을 것이다! 부인 같은 사람이 이곳에 있다는 자체가, 평범한 사람들 사이에 있다는 게 얼마나 놀라운가! 그는 심지어 덴버에서도 그녀처럼 우아한 여자를 본 적 없었다. 그는 브라운 팰리스 호텔[9]의 식당에 앉아 저녁을 먹으러 내려오는 여자들을 바라보았었다. 동부에서 캘리포니

9. 1892년에 덴버에 지어진 호텔로 미국에서 가장 호화스러운 호텔 중 하나로 손꼽혔다.

아로 가는 길에 잠시 들른 상류층 여자들이었다. 그들 가운데에서도 포레스터 부인처럼 매력적이고 돋보이는 여자는 없었다. 그녀와 비교하면 다른 여자들은 모두 둔하고 맹맹했다—예쁜 여자들마저 빛을 잃었다. 그들의 눈빛은 심장을 두근거리게 하는 힘을 지니지 못했다. 무엇보다 그는 그녀의 웃음소리 같은 소리는 그 어디에서도 들어 보지 못했다. 문이 잠시 열렸다가 닫히는 찰나에 아스라하게 흘러나온 왈츠 음악의 한 마디처럼 매혹적이고 음악적인 웃음소리였다.

닐은 어린 소년 시절에 포레스터 부인을 처음 본 순간을 정확히 기억했다. 어느 일요일 아침에 그가 감독교회 앞에서 빈둥대고 있는데, 천장이 낮은 마차 한 대가 교회 정문 앞에 섰다. 벤 키저가 앞 좌석에서 말을 몰았고, 뒷자석에는 숙녀 한 분이 홀로 앉아 있었는데, 잔뜩 부풀리고 주름을 잡은 검정 실크 드레스에 검은 모자를 썼으며 조각된 상아 손잡이가 달린 양산을 들고 있었다. 마차가 멈추자 그녀는 검은 드레스를 살포시 들어 올리고, 겹겹이 거품처럼 풍성한 흰 페티코트 아래로 반짝이는 검은 구두를 불쑥 내밀었다. 그녀는 사뿐히 땅으로 내려와 마부에게 고개를 끄덕이고 교회로 들어갔다. 어린 소년은 열린 문틈으로 따라 들어가 그녀가 신도석에서 무릎을 꿇는 모습을 바라보았다. 지금에 와서 그날을 돌이켜본 그는 포레스터 부인이 얼마나 특별한 사람인지 자신이 첫눈에 알아보았다는 사실이 자랑스러웠다.

오솔길 끝에 다다른 닐은 잠시 멈춰 서서, 길게 늘어선 행렬의 마지막 양버들을 올려다보았다. 앙상한 나무의 뾰족한 우듬지 바로 위에 오목한 은빛 겨울 달이 걸려 있었다.

IV

날이 좋으면 포머로이 판사는 포레스터 저택까지 걸어가곤 했으나, 오그던가 사람들을 위해 만찬이 열린 날 그는 마부를 고용해 타운 마차를 타고 갔는데, 대개 결혼식이나 장례식이 열릴 때만 쓰이는 마차였다. 마구간 냄새가 물씬 풍기는 마차에는 기름종이만큼이나 미끈미끈하고 납덩이처럼 무거운 무릎 덮개가 깔려 있었다. 그날 밤 타운 사람들 가운데 포레스터 저택의 파티에 초대받은 사람은 닐과 그의 삼촌뿐이었다. 그들은 위풍당당하게 시내를 건너고 언덕을 올라와, 말 털을 뒤집어쓴 채로 등장했다.

그들을 문에서 맞이한 포레스터 대령은 육중한 몸에 프록코트를 입었고, 두툼한 목의 주름 아래 납작한 셔츠 깃에 검은 스트링 타이를 맸다. 언제나처럼 그는 축 처진 모래색 콧수염만 빼고 전부 말끔하게 면도했다. 닐이 양복 솔을 빌려 삼촌의 브로드클로스 재킷에 달라붙은 말 털을 떼어 내는 동안 손님들은 대령 뒤에 서서 웃고 있었다. 그러고 나서 포레스터 부인이 닐의 옷에 붙은 털을 제거해 주고 그를 응접실로 데려와 오그던 부인과 딸에게 소개했다.

닐은 딸이 꽤 예쁘다고 생각했다. 그녀는 짧고 움푹한 목과 매끄러운 팔이 드러나는 옅은 분홍색 드레스를 입고 있었고, 포레스터 부인의 말마따나 청자처럼 푸른 눈은 다소 튀어나왔고 무표정했다. 복슬복슬한 그녀의 잿빛 금발 머리는 은색 끈으로 묶여 있었다. 그러나 싱싱한 장밋빛 피부에도 불구하고 그녀의 얼굴에는 쉬이 호감이 가지 않았다. 그녀의 짧은 코의 콧방울에서 양쪽 입꼬리까지 불만스러운 주름이 내려왔다. 그녀가 조금이라도 기분이 상하면 주름이 팽팽해지며 코를 뒤로 잡아당겨 의심 많고 상처받은 표정을 만들었다. 닐은 그녀 옆에 앉아 최선을 다했으나 대화를 이어 나가기가 어려웠다. 그녀는 초조하고 산만했으며, 자꾸만 뒤를 힐끔거리며 손에 쥔 손수건을 구겼다. 확실히 그녀의 마음은 다른 곳에 가 있었다. 잠시 후 그는 관심을 끌기 좀 더 수월한 그녀의 어머니를 향해 돌아앉았다.

오그던 부인은 용납하기 힘들 정도로 못난 외모였다. 서양배 형태인 얼굴의 기다란 이마 위로 건조한 곱슬머리가 납작하게 달라붙어 있었다. 푸르죽죽한 갈색 피부는 그녀의 자주색 드레스와 거의 동일한 색이었다. 그녀의 주름진 목에서 다이아몬드 목걸이가 번쩍거렸다. 콘스턴스와 상반되게 그녀는 무척이나 상냥했지만, 이야기하는 내내 고개를 갸웃거리고 눈을 '이용해' 비스듬히 올려다보곤 했는데, 이제껏 닐은 미인들만 그런 눈짓을 한다고 믿어 왔었다. 아마도 그녀는 자신을 떠받드는 사람들에게 둘러싸여 평생을 살면서, 응석받이 미녀의 몸가짐을 습득한 듯했다. 닐은 처음에는 그녀가 다소 경박하다고 생각했으나 금세 그녀의 태도에 익숙해지며 호감을 느꼈다. 그는 진심으로 즐겁게 웃으며, 딸과 친해지려던 시도의 실패를 훌훌 털어 버렸다.

쉰 살인 오그던 씨는 까맣게 그을리고 거친 피부의 왜소한 남자로, 턱수염은 뾰족하고 뻣뻣했으며 콧수염은 위로 말려 올라갔고, 한쪽 눈이 사시였다. 그는 닐이 예전에 몇 차례 만났을 때보다 눈에 띄게 조용하고 움츠러들어 보였다. 그는 아내가 대화를 주도하는 데 길들여진 듯했다. 포레스터 부인이 그를 부르거나 근처를 지나가면 그의 멀쩡한 눈이 빛나며 그녀를 좇는 한편 사시인 눈은 꼼짝도 하지 않으며 아무것도 응시하지 않았다.

갑자기 모두가 활발해졌다. 덴버에서 온 네 번째 손님이 자신이 제조한 칵테일을 한가득 담은 반짝이는 쟁반을 들고 들어오자 공기가 따뜻해지며 불빛마저 환해진 느낌이었다. 프랭크 엘린저는 마흔 살 총각이었는데, 거의 190cm에 육박하는 키에 길고 쭉 뻗은 다리와 널찍한 어깨를 지녔으나, 과시하듯 훌륭하게 재단된 디너코트 아래로 여민 흰 조끼에 주름이 가지 않을 정도로 늘씬했다. 매트리스 용수철만큼이나 뻣뻣하고 구불구불한 그의 검은 머리칼은 구레나룻이 잿빛으로 세었고, 불그스레한 피부는 코 옆으로 보라색 혈관이 조금 비쳤는데, 콧구멍이 기다란 뱃머리처럼 생긴 매부리코였다. 그의 턱은 중앙이 선명히 갈라졌고, 굴곡이 지고 두툼한 입술은 매우 근육질로 보이는 동시에 완벽히 그의 통제 아래 있었다. 여기에 비뚤배뚤 휘었으면서도 강하고 흰 치아가 추가되며, 쇠막대기도 이로 뚝 잘라 버릴 수 있는 남자 같은 인상을 풍겼다. 옷 아래 몸 전체에서 활력이 넘쳐 흘렀는데, 쉴새 없이 불끈거리고 강력한, 야생동물의 잔인성마저 느껴지는 힘이었다. 의뭉스러운 소문들에 수차례 주인공으로 등장했던 이 남자에게 닐은 큰 흥미를 느꼈다. 그는 자신이 호감을 느끼는지 거부감을 느끼는지 도무지 결정할 수 없었다. 그는 엘린저에 대해 나쁜 이야기를 들은 적은 없었으나, 어쩐지 사악한 인상을 받았다.

칵테일의 등장이 담소할 시간이 시작되었다고 알리자

손님들은 한자리에 모였다. 심지어 콘스턴스 양조차 덜 불만스러워 보였다. 그녀가 앉은 의자 옆에 서서 칵테일을 마시던 엘린저가 자신의 술잔에 든 체리를 그녀에게 권했다. 위스키를 기본으로 한 구식 칵테일이었다. 당시에는 아무도 마티니를 마시지 않았다. 진은 선원들과 주정뱅이 청소부에게 위안을 주는 음료로 각인되어 있었기 때문이었다.

"아주 잘 만들었네, 프랭크. 아주 훌륭해." 포레스터 대령이 콧수염을 닦으려고 향수가 뿌려진 산뜻한 손수건을 꺼내며 말했다. "앙코르가 준비되어 있나?" 대령은 숨을 조금 가삐 몰아쉬며 말했다. 사고를 당한 이래 늘 다소 부옇고 충혈된 그의 눈이 친구를 향해 두꺼운 눈꺼풀을 껌벅였다.

"다들 한 잔씩 더 할 수 있습니다, 대령님." 엘린저가 식기장에서 커다란 셰이커를 꺼내 오그던 양만 제외한 모두의 잔을 채웠다. 그는 그녀를 향해 손가락을 가로저으며 마라스키노 체리를 한 움큼 담아 주었다.

"싫어요. 그거 말고요. 아저씨 잔에 있는 거로 줘요." 그녀가 뾰로통한 표정으로 웃으면서 말했다. "무슨 맛이라도 나야 할 거 아니에요!"

"콘스턴스!" 그녀의 어머니가 나무라듯 외치며, 아이의 천진한 모습이 사랑스럽지 않냐는 듯 포레스터 부인에게 눈을 굴렸다.

"닐," 포레스터 부인이 웃음을 터뜨렸다. "너도 꼬마한테 체리를 주지 그러니?"

닐은 즉시 방을 가로질러 가서 자신의 잔 밑바닥에 있는 체리를 권했다. 그녀는 엄지와 검지로 체리를 집어 자기 잔에 떨어뜨렸는데, 그들이 식사하러 방에서 나갈 때까지 끝내 먹지 않는 것을 그는 보았다. 분홍색 고집덩어리로군, 그는 생각했다. 자기 아버지뻘 되는 남자에게 홀딱 반해 있는 것이 분명했다. 그는 식탁에서 그녀 옆에 배정된 자기 자리를 보고 한숨을 내쉬었다.

턱 아래 냅킨을 고정하고 고기를 제대로 썰 만반의 태세를 갖춘 포레스터 대령은 그가 베푸는 만찬 자리의 상석에서 여전히 위엄을 보였다. 20파운드짜리 칠면조나 오리한 쌍의 뼈를 능숙하게 발라내는 일에서 대령을 대적할 사람은 없었다. "오그던 부인, 칠면조의 어느 부위를 좋아하시나요?" 특별히 선호하는 부위가 있는 사람은 만족스러운 살코기와 함께 고기에 어울리는 스터핑, 그레이비 소스, 채소가 적절히 담긴 접시를 받았다. 접시가 포레스터 대령의 손을 떠나는 순간 한 끼 식사가 되었고, 손님은 만족했다. 대단히 만족했다. 포레스터 부인의 차례는 여자들 가운데 마지막이며 남자들 전이었는데, 대령은 그녀에게도 역시 이렇게 물었다. "여보, 오늘 저녁에는 어느 부위를 원하나요?" 대령은 표현이나 태도를 이래저래 바꾸는 사람이 아니었다. 침착한 표정만큼이나 그는 한결같았다. 닐과 포머로이 판사는 대령이 그로버 클리블랜드[10]를 쏙 빼닮았다고 이야기하곤 했었다. 투박한 위엄 아래 웅숭깊은 천성과 단한 번도 흔들리지 않은 양심이 자리했다. 그는 산처럼 평온했다. 그가 두툼하고 살진 손을 흥분한 말이나 히스테리를 부리는 여자나 살기등등한 아일랜드인 노동자에게 가져다 대면 평화가 찾아왔다. 그들이 거부할 수 없는 영향력이었으며, 그것이야말로 그가 사람들을 다루는 비법이었다. 그의 이성(理性)은 아무것도 요구하지 않았으며 아무것도 주장하지 않았다. 그것은 너무나도 소박하여 흥분한 이들을 조용히 가라앉혔다. 그가 블랙힐스에 철도를 깔던 시절, 부인과 함께 콜로라도 스프링스로 여행을 가며 자리를 비운 사이에 이따금 말썽이 터지곤 했다. 그는 폭동을 알리는 전보를 내려놓으며 아내에게 말했다. "아가씨, 내가 이들에게 가봐야겠소." 그게 그가 한 전부였다—그는 그들에게 갔다.

 대령이 집주인 역할에 집중하느라 말수가 적었으므로

---

10. 제22대, 24대 미국 대통령.

포머로이 판사와 엘린저가 흥미진진한 이야기를 주고받으며 활기찬 대화를 이끌었다. 닐은 엘린저의 맞은편에서 그를 자세히 관찰했다. 아직도 그는 이 남자가 마음에 드는지 아닌지 결정하지 못했다. 덴버에서 프랭크는 호남 중에서도 호남으로 알려져 있었다. 그는 관대하고 수완이 좋으며 기량이 뛰어났으나, 기회주의자인 경향이 있었다. 어떤 일이 필연적이거나 거의 필연적으로 보이면 기꺼이 순응하는 남자였다. 젊은 시절 그는 '방종하기로' 소문이 자자했으나, 심지어 오그던 부인처럼 결혼적령기의 딸을 둔 어머니들까지 포함한 모두가 그것을 단점으로 여기지 않았다. 그 시대의 도덕관념은 지금과 달랐다. 닐은 젊은 엘린저가 넬 에메랄드라는 여자에게 푹 빠져 있던 시기의 일화를 삼촌으로부터 들었다. 덴버 경찰에게 정식 허가를 받고 업소를 운영하던 이 특이한 미녀가 오랜 클럽 손님에게 말하길, 자신은 엘린저의 새 경마용 말이 끄는 마차에 타보았으나, 대낮에 매춘부와 드라이브를 가는 남자를 존경하지는 않는다는 것이었다. 이와 유사한 숱한 이야기에 엘린저가 등장하기 마련이었고, 여자들도 남자들처럼 폭소를 터뜨렸다. 스캔들로 가득한 연대기를 써 내려가는 와중에도 엘린저는 병든 어머니를 지극정성으로 돌보아서, 낯선 사람들에게 그는 무척이나 헤픈 남자이자 모범적인 효자로 묘사되었다. 이러한 조화는 당시 사람들의 입맛에 꼭 맞았다. 아무도 그를 깎아내리지 않았다. 어머니가 죽은 지금 그는 콜로라도 스프링스에 있는 그녀의 집을 팔지는 않았지만 브라운 팰리스 호텔에서 기거했다.

사람들이 고기를 한창 먹고 있는데 흰 조끼에 깃이 높은 셔츠로 무척이나 격식을 갖춘 옷차림을 한 블랙 톰이 샴페인을 따랐다. 포레스터 대령은 두꺼운 손가락으로 잔의 가느다란 스템을 들고 식탁의 손님들과 포레스터 부인을 둘러보고 말했다.

"행복한 나날을 위하여!"

그가 저녁 식사 자리에서나 오랜 벗과 위스키를 한잔할 때 어김없이 외치는 건배였다. 그의 건배를 한 번 들은 사람은 누구나 다시 듣고 싶어 했다. 이 세 마디를 그처럼 진중하고 기품 있게 말할 수 있는 사람은 또 없었다. 엄숙한 순간이었으며, 운명의 문을 두드리는 것만 같았다. 행복하거나 그렇지 않은 모든 날이 그 문 뒤에 숨어 있었다. 닐은 기쁨에 전율하며 포도주를 마셨고, 이 거대한 남자가 외친 "행복한 나날을 위하여!"라는 짤막한 건배처럼 인생을 예측 불가하게, 미래를 신비로운 수수께끼처럼 느껴지게 하는 것은 세상 어디에도 없다고 생각했다.

오그던 부인이 최고로 나른한 미소를 띠고 집주인을 향해 고개를 돌렸다. "포레스터 대령님, 콘스턴스에게 이야기 좀 해주세요." (이스트 버지니아 출신인 그녀의 말은 실제로는 이렇게 들렸다. "포뤠스터 대령님, 콘스턴스에게 이야기 조옴 해주쉐요." 그녀의 모음은 그녀의 눈과 마찬가지로 데굴데굴 구르는 듯했다.) "대령님이 옛날 인디언의 시대에 이 아름다운 곳을 어떻게 발견했는지 말이에요."

포레스터 대령은 상담을 구하듯 식탁 반대편에 앉은 부인을 촛대 사이로 바라봤다. 그녀가 미소를 지으며 고개를 끄덕이자 창백한 뺨 옆에서 화려한 귀걸이가 대롱거렸다. 이날 밤 그녀는 새까만 벨벳 드레스를 입고 다이아몬드 귀걸이를 했다. 그녀의 남편은 보석에 대해 구식 관념을 지녔다. 남자가 아내에게 보석을 선물할 때는 말로 하기 머쓱한 무언가에 감사를 표하기 위해서였다. 보석은 값비싼 것이어야 했다. 그가 이런 선물을 할 능력이 있는 남자이며 그녀가 그것들을 착용할 자격이 있는 여인이라는 것을 보여야만 했다.

아내의 승낙을 받은 대령이 이야기를 시작했다. 젊은 시절 남북전쟁에 참전했던 포레스터 대령이 종전 후 서부로 와서, 당시에는 체리크릭이라고 불렸던 덴버에서 네브래스카 시티까지 물자를 운송하는 화물 회사의 운전사로 일했던 것에 대한 간략한 이야기였다. 무려 600마일이나 펼쳐진 광활한 초원의 바다로 한번 나서면 운전사는 시간 감각조차 사라져 세월이 어떻게 지나가는지도 몰랐다. 하루하루가 똑같았으며, 모든 날이 영광스러웠다. 영양과 버펄로가 수두룩한 초원은 사냥하기에 알맞았으며 청명한 하늘은 끝이 없었고, 역시나 끝없이 펼쳐진 초원에서 풀이 너울거렸다. 노란 꽃이 흐드러진 기다란 민물 호수에서는 아메리카들소가 철마다 이동하는 길에 멈춰서 목을 축이고 몸을 적시고 음매 울었다.

"젊은이에게 이상적인 삶입니다." 대령이 선언했다. 어느 날 범람한 냇물에 길이 막혀 도로에서 이탈한 그는 탐험을 하러 말을 타고 남쪽으로 달리다가 지금 그의 저택이 서 있는, 스위트워터 근처의 바로 이 언덕에서 인디언 야영지를 발견했다. 그의 표현에 따르면 그는 '이곳에 마음을 완전히 빼앗겼다.' 그는 언젠가 이곳에 집을 지으리라 결심했다. 그는 어린 버드나무를 잘라 땅에 심어서 훗날에 집을 짓고 싶은 위치를 표시했다. 그리고 떠난 그는 아주 오랫동안 돌아오지 못했다. 그는 대륙을 가로지르는 첫 철도를 부설하는 일에 이바지하고 있었다.

"나한테 의지하는 사람들이 있었습니다." 그가 말했다. "병마와 싸워야 했고 막중한 책임을 지고 있었죠. 그렇지만 그 긴 세월 동안 나는 아마 단 하루도 빼놓지 않고 스위트워터와 이 언덕을 생각했어요. 지금 이곳의 모습은 젊은 시절 내가 계획했던 것과 거의 일치합니다. 어디에 우물을 파고 숲을 만들고 과수원을 심을지 전부 생각했죠. 내 친구들이 놀러 올 수 있고, 그 친구들을 위해 포레스터 부인 같은 아내가 아름답게 꾸밀 수 있는 집을 짓기로 결심한 겁니다. 언젠가는 반드시 해낼 거라고 스스로에게 약속했죠." 이 대목에서 포레스터 대령은 수줍어하는 대신 단어를 신중히 고르며 말을 아꼈고, 생각에 잠긴 채 억센 손으로 페르시아 호두를 깨어 접시 옆에 호두알을 한 무더기 쌓았다. 친구들은 그가 첫 번째 결혼을 암시한다는 것을 알았다. 병자였던 그의 첫 아내는 행복한 적이 없었으며 그의 삶을 몹시도 고되게 했다.

"모든 것이 너무나도 절망적이었을 때," 그가 말을 이었다. "나는 이곳으로 돌아와서 철도 회사로부터 땅을 매입했습니다. 그들은 내 수표를 받아 주었죠. 내 버드나무 가지를 찾았는데, 그새 뿌리를 내려 나무로 자랐더군요. 그리고 난 집의 나머지 모퉁이들을 표시하기 위해 가지 세 개를 더 심었습니다. 그로부터 12년 후에 포레스터 부인이 나와 결혼하고 곧 이곳으로 함께 와서, 우리는 집을 지었습니다."

포레스터 대령이 이따금 숨을 헐떡이기는 했으나, 그의 명확한 서술은 사람들의 주의를 집중시켰다. 꾸밈없이 담백한 그의 이야기는 바위에 새겨진 문구처럼 듣는이의 가슴에 강한 인상을 남겼다.

포레스터 부인은 식탁 반대편의 자기 자리에서 고개를 끄덕였다. "자, 이제 당신의 인생 철학을 말해 줘요. 그 얘기가 나올 차례잖아요." 그녀가 놀리듯이 웃었다.

대령은 헛기침을 했고, 수줍어 보였다. "오늘 밤에 그건 생략하려고 했소. 이미 들은 손님들이 계시잖아요."

"아니, 아니에요. 이야기를 마무리하는 데 필요해요. 들었던 사람들도 다시 들을 수 있어요. 어서요!"

"글쎄, 내 철학은 이겁니다. 사람이 날마다 생각하고 계획하는 것이 있으면 결국에는—말하자면, 자기도 모르게—이루게 될 거라는 겁니다. 어느 정도는 말이에요. 물론, 당신이 세상에서 끝내 아무것도 얻지 못하는 사람 중 하나가 아니라고 가정했을 때요. 그런 사람들이 있습니다. 그런 사람들이 있다는 걸 모르기에는, 난 탄광과 공사장에서 너무 오랜 시간을 보냈어요." 그는 잠시 말을 멈췄다. 무척이나 우울한 이야기지만 반드시 짚고 넘어가야 한다는 듯이, 그 무거운 진실을 묵묵히 인지하는 순간을 가져야만 한다는 듯이. "닐, 콘스턴스. 너희가 그런 사람들 가운데 하나가 아니라면 말이다, 네 마음이 가장 절실히 바라는 일을 결국 이룰 거야."

"왜죠? 그 이유가 가장 흥미로워요." 그의 아내가 부추겼다.

"왜냐하면," 그는 상념에서 빠져나와 손님들을 둘러보았다. "왜냐하면 내가 말한 방식으로 간절히 꿈꾸는 일은 이미 성취한 거나 마찬가지이기 때문입니다. 우리의 위대한 서부는 전부 그런 꿈에서 싹터서 자랐어요. 이주 농민들과 광부들과 건설업자들의 꿈입니다. 내가 스위트워터에 집을 짓겠다는 꿈을 꾼 것처럼 우리는 산을 가로지르는 철길을 깔겠다는 꿈을 꿨습니다. 다음 세대들에게는 그것이 그저 일상이겠죠. 하지만 우리에게는—" 포레스터 대령은 신음하는 듯한 소리와 함께 이야기를 끝맺었다. 그의 목소리에 무언가 위협적인 느낌이 흘러들었는데, 늙은 인디언들의 목소리에서 너무나도 자주 들리곤 하는 고독하고도 반항적인 음색이었다.

깊이 감동한 오그던 부인의 표정을 본 닐은 그녀가 더 좋아졌고, 딴생각에 빠져 있던 콘스턴스마저도 귀를 기울인 듯했다. 그들은 디저트 자리에서 일어나 응접실로 옮겨 가서 카드 테이블을 준비했다. 대령의 휘스트 솜씨는 여전했다. 자기 수중의 최상품 시가를 꺼낸 그는 오그던 부인 앞에 서서 물었다. "담배 연기가 불쾌하실까요, 오그던 부인?" 그녀가 전혀 그렇지 않다고 다짐하자 그는 방을 가로질러 가서 엘린저와 이야기하고 있는 콘스턴스에게 똑같이 깍듯하게 물었다. "담배 연기가 불쾌하겠니, 콘스턴스?" 만일 이 자리에 여자 열두 명이 있었다면 그는 아마도 단어 하나 바꾸지 않고 모두에게 똑같이 양해를 구했을 것이다. 그는 같은 말을 되풀이하는 것을 꺼리지 않았다. 자신의 의도에 부합하는 표현이 있다면 그것을 바꿀 필요를 못 느꼈던 것이다.

포레스터 부인과 오그던 씨가 한 편이 되어 오그던 부인과 대령을 상대했다. "콘스턴스," 포레스터 부인이 자리에 앉으며 물었다. "닐이랑 카드 치지 그러니? 널 실력이 상당하다고 들었는데."

오그던 양의 짧은 코가 실룩이면서 양쪽 주름이 깊게 파였고, 그녀는 또다시 상처받은 표정이었다. 닐은 그녀가 자신을 혐오한다고 확신했다. 그렇다고 가만히 당하지만은 않으리라.

"오그던 양." 그가 의자 옆에 서서 일부러 카드를 느릿느릿 섞으며 말했다. "저는 삼촌과 함께 치는 데 익숙합니다. 그리고 아마 당신은 엘린저 씨와 자주 쳐봤겠지요. 우리가 그렇게 편을 먹고 한 판 치면 어떨까요?"

그녀는 노란 속눈썹 아래로 수상하다는 듯이 재빨리 그를 힐끔 보더니 대답도 하지 않고 자리에 얼른 앉았다. 식당에서 대령의 프랑스산 브랜디를 맛보고 있던 프랭크 엘린저가 들어와 오그던 양의 맞은편에 있는 빈자리에 앉았다. "코니, 너랑 나랑 같은 편이니? 나쁘지 않아!" 그가 외치며 닐이 앞으로 내민 카드를 커트했다.

자정이 되기 조금 전에 블랙 톰이 문을 열고 에그노그가 준비되었다고 알렸다. 카드를 치던 사람들이 식당에 들어가니 식탁에 놓인 펀치 볼에서 연기가 모락모락 나고 있었다.

"콘스턴스," 포레스터 대령이 말했다. "혹시 노래를 하니? 에그노그에 대한 옛날 노래를 하나 들었으면 하는데."

"죄송해요, 대령님. 전 노래 진짜 못해요."

닐은 콘스턴스가 대령에게 말할 때마다 마치 그가 귀가

69

안 들리기라도 하는 양 목소리를 쥐어짜는 것을 눈치챘다. 그는 거절하는 그녀의 말을 끊고 끼어들었다. "대령님께서 구슬리시면 삼촌께서 한 곡 뽑으실 겁니다."

포머로이 판사는 은빛 구레나룻을 매만지고 기침으로 목을 풀더니 '석별의 정[11]'을 부르기 시작했다. 다른 이들도 곧 동참했으나 노래가 끝나기도 전에 나무다리에서 덜컹덜컹 텅 빈 마차 소리가 들려 왔고, 모두 웃음을 터뜨리며 정면 창문으로 달려가 한쪽 등에만 불이 들어온 판사의 장례식 마차가 비틀비틀 언덕을 올라오는 모습을 구경했다. 포레스터 부인은 톰을 시켜 마부에게 술을 한 잔 대접했다. 닐과 삼촌이 현관에서 코트를 입고 있는데 그녀가 다가와 소년에게 어르듯이 속삭였다. "내일 오기로 한 거 기억하지? 2시에? 난 드라이브를 갈 생각인데 그동안 콘스턴스랑 좀 놀아 줬으면 해."

닐은 아랫입술을 지그시 깨물고, 설득력 있는 미소를 짓고 있는 포레스터 부인의 눈을 들여다보았다. "부인을 위해서 할게요. 오직 그것 때문이에요." 그가 으름장을 놓듯 말했다.

---

11. Auld Lang Syne. 스코틀랜드 시인 로버트 번스가 작사한 노래로, 주로 연말에 묵은 해를 기리고 새해를 맞이할 때 부른다.

"알았어. 내 부탁을 들어준 거라고! 너한테 빚진 거로 칠게."

판사와 조카는 털털거리는 마차에 실려 떠났다. 오그던 가족은 위층에 준비된 손님 방으로 올라갔다. 포레스터 부인은 대령이 프록코트를 벗게 도와주고 옷장에 넣었다. 부상을 당한 이래 대령은 높게 쌓아 올린 베개에 기대 누워야 했고, 원래는 아내의 의상실이었던 골방의 좁은 철제 침대에서 잤다. 옷을 벗으면서도 그는 매우 지친 듯이 헐떡이며 한숨을 내쉬었다. 그는 스터드를 빼려고 애쓰다가 손가락에 입김을 불고 다시 시도하기를 거듭했다. 그의 아내가 도움을 주러 와서 날렵한 손으로 전부 빼주었다. 그는 소리 내어 감사를 표하지는 않았으나 고마운 마음으로 그녀에게 자신을 맡겼다.

그의 무게에 철제 침대가 삐걱거리자 침실에서 그녀는 "잘 자요, 여보."라고 인사하고 골방을 가리는 두꺼운 커튼을 쳤다. 그녀가 반지와 귀걸이를 빼고 까만 벨벳 드레스를 벗으려는데 바깥에서 잔이 달그락거리는 소리가 났다. 그녀는 움직임을 멈췄다. 드레스의 어깨를 다시 채운 그녀는 후면 응접실에서 타고 있는 석탄 불빛에 흐릿하게 밝혀진 식당으로 내려갔다. 프랭크 엘린저가 식기장 옆에 서서 밤

술을 마시고 있었다. 포레스터 대령의 프랑스산 브랜디는 오래 숙성된 것으로, 리큐어처럼 묵직했다.

"조심해." 그녀가 다가서며 중얼거렸다. "벽 뒤쪽 계단에서 누군가의 낌새를 확실히 느꼈어. 문틈이 넓어. 아, 하지만 요즘은 새끼 고양이들도 발톱이 있지! 나도 조금 따라줘. 고마워. 나는 난롯가에서 마실게."

그는 그녀를 따라 응접실로 들어갔다. 난로의 받침쇠 앞에 선 그녀는, 불을 살리려고 새로 넣은 석탄 위로 파르스름하게 타오르는 불빛 속에서 그를 바라보았다.

"브랜디를 꽤 많이 마셨네, 프랭크." 벌겋게 달아오른 그의 위압적인 얼굴을 살펴보며 그녀가 말했다.

"딱히 많이 마시지는 않았어. 오늘 밤에는…이게 필요할 거야." 그가 의미심장하게 대꾸했다.

그녀는 조금 흘러내린 머리칼 한 가닥을 초조히 뒤로 넘겼다. "밤이 아니야. 이제 아침이야. 침대로 가서 실컷 늦잠을 자. 조심해. 계단에서 실크 스타킹을 신은 발소리를 들었어. 잘 자." 그녀는 그의 코트 소매에 손을 올렸다. 자석화된 철에 종잇조각이 달라붙듯, 흰 손가락이 검은 옷자락을 붙들었다. 아주 살짝 닿았으나 그녀의 손길이 남자를 관통하며 온몸 구석구석으로 파고들었다. 깊은 들숨에 그의 널찍한 어깨가 솟아올랐다. 그가 그녀를 내려다보았다.

그녀는 시선을 떨구었다. "잘 자." 그녀가 나지막이 말했다. 그녀가 휙 뒤돌아서자, 벨벳 치맛자락이 그의 브로드클로스 바지를 스치면서 정전기가 일어나고 탁탁 불꽃이 튀었다. 두 사람은 깜짝 놀랐다. 그녀가 문밖으로 완전히 나가기 전까지 그들은 우두커니 서서 서로를 바라보았다. 난롯가에 남은 엘린저는 굴곡진 입술을 꾹 다물고 가슴 위로 단단히 팔짱을 낀 채로, 미간을 찌푸리고 불을 노려보았다.

V

다음날 오후 닐이 언덕을 올라가는데 검은 조랑말 두 마리가 끄는 썰매가 종을 울리며 차도를 돌아 정문 앞에 멈췄다. 썰매 탈 복장을 차려입은 포레스터 부인이 포치로 나왔다. 그녀의 뒤를 따라 나온 엘린저는 앞면이 프로깅으로 화려하게 장식되고 윤기 나는 아스타라한 깃이 달렸으며 안감에 모피를 댄 긴 코트로 무장하고 있었다. 그는 심지어 지난밤보다도 더 강하고 정력적으로 보였다. 잘 가려진 불그스름한 얼굴은 자기 자신과 세상에 대한 만족감으로 빛났다.

포레스터 부인이 명랑하게 닐을 불렀다. "스위트워터로 내려가서 크리스마스트리로 쓸 향나무를 벨 거야. 그동안 콘스턴스랑 좀 놀아 줄래? 우리끼리 간다고 풀이 죽은 것 같은데, 장대가 부러져서 큰 썰매를 가져갈 수 없거든. 잘 해 주렴! 부탁할게!" 그녀는 그의 손을 꼭 잡으며 의미심장하고 은밀한 미소를 짓더니 썰매에 탔다. 엘린저가 그녀의 옆자리에 올라탔고, 그들의 썰매는 짤랑짤랑 경쾌하게 종을 울리며 언덕을 미끄러져 내려갔다.

닐이 후면 응접실에 들어가니 오그던 양은 난롯가에서 솔리테어를 하고 있었다. 척 봐도 그녀는 심사가 뒤틀려 있었다.

"어서 와요, 허버트 씨. 우리를 데려갈 수도 있을 것 같은데, 그렇지 않아요? 나도 강을 직접 보고 싶다고요. 집에 처박혀 있는 건 질색이에요!"

"그럼 나갑시다. 시내를 구경하고 싶지 않아요?"

콘스턴스의 귀에는 그의 말이 들리지도 않는 것 같았다. 그녀가 짧은 코에 주름을 잡았다가 폈다를 반복하자 신경질적인 입가의 주름이 바르르 떨렸다. "우리가 임대 마구간에서 썰매를 빌려서 스위트워터로 내려가지 못할 이유라도 있나요? 강이 사유 지대는 아니죠?" 그녀는 초조하고 짜증이 난 웃음을 터뜨리며 기대하는 눈빛으로 닐을 보았다.

"이 시간대에는 아무것도 빌릴 수 없어요. 마구간 사람들이 전부 나가 있어요." 그가 딱 잘라 말했다.

콘스턴스는 의심하는 눈으로 그를 힐끔 보더니 통통한 어깨를 모으며 카드 테이블에 엎드렸다. 스카프처럼 머리를 둘둘 감은 풍성한 금발은 가느다랗고 검은 벨벳 끈으로 고정되어 있었다.

두 번째 시내를 건넌 조랑말들은 강으로 향하는 주도로를 경중경중 뛰어 내려갔다. 포레스터 부인이 짓궂은 웃음으로 기분을 표현했다. "그 애가 따라오고 있어? 우리를 따라올 생각은 어디서 났을까? 벗어날 수 있어서 얼마나 다행인지!" 그녀는 턱을 쳐들고 공기를 킁킁댔다. 희끄무레한 하늘에서는 해가 보이지 않았고 바람기 없는 건조한 공기는 포근하게 차가웠다. "불쌍한 오그던 씨." 그녀가 말을 이었다. "부인이랑 딸이 없는 자리에서 얼마나 더 활발하신지! 모녀가 그 딱한 양반 숨통을 꽉 누르고 있어. 당신이 결혼하지 않아서 다행이라고 생각되지 않아?"

"못생긴 여자랑 결혼하지 않은 건 천만다행이야. 그런 남자들은 대체 왜 그러는 거야? 그 여자가 부자였던 것도 아니잖아. 그 사람은 원래 자기 재산이 있었거나, 아니면 한 재산 모으는 길이었다고."

"글쎄, 어쨌든 그 사람들은 내일 떠나. 그리고 코니! 당신이 그 애 정신을 홀딱 빼놓았어! 닐이 고생깨나 하겠어!" 그녀는 닐이 시달리고 있을 고충을 생각하니 우습다는 듯이 깔깔거렸다.

"그 녀석은 누구야?" 엘린저는 주머니에서 시가를 꺼내게 잠시 고삐를 잡아 달라고 말했다. "애가 좀 거만하던데. 쓸모 있는 애야?"

"오, 착한 애야. 우리와 마찬가지로 이곳에 좌초됐어. 아주 쓸모 있는 남자로 자라나도록 내가 훈련할 거야. 그 애는 포레스터 씨에게 헌신적이야. 잘생기지 않았어?"

"그럭저럭." 그들은 스위트워터를 따라 굽이치는 곁길로 들어섰다. 엘린저는 조랑말들의 속도를 늦추고 높은 아스트라한 깃을 내렸다. "이제 자기를 좀 보자, 메리언."

포레스터 부인은 조랑말들의 뜀박질에 날아오는 눈을 막으려고 머프로 얼굴을 가리고 있었다. 그녀가 머프 뒤에서 그에게 곁눈질했다. "됐어?" 그녀가 장난스럽게 물었다.

그는 그녀의 팔 아래로 자기 팔을 끼워 넣고 썰매에서 낮게 기대앉았다. "그것보다는 나를 제대로 봐야지. 정말 오랜만에 보는 거잖아."

"어쩌면 너무 오래됐나 봐." 그녀가 중얼거렸다. 그의 팔이 오랫동안 누르자 그녀의 눈에서 반짝이던 조롱기가 확연히 부드러워졌다. "그래. 정말 오래됐어." 그녀가 가볍게 인정했다.

"내가 11일에 보낸 편지에 답장하지 않았어."

"안 했나? 글쎄, 어쨌든 당신이 보낸 전보에는 답했잖아." 그가 얼굴을 가까이 들이밀자 그녀는 고개를 돌렸다. "조랑말들을 잘 몰아야 해, 자기. 자칫하다가는 눈 속으로 내팽개쳐질 거야."

"상관없어. 오히려 그랬으면 좋겠는걸!" 그가 잇새로 내뱉었다. "왜 내 편지에 답장하지 않았지?"

"오, 기억이 안 나! 당신도 많이 쓰지 않잖아."

"성에 차지 않아. 당신이 러브레터를 보내지 말라고 금지했잖아. 위험하다고."

"사실이야. 게다가 바보스러운걸. 하지만 이젠 그렇게 조심할 필요 없어. 지나치게 조심할 필요 없다고!" 그녀가 부드럽게 웃었다. "겨우내 시골에 처박혀서 혼자 늙어 가게 되면 난..." 그녀는 그의 손에 자기 손을 얹었다. "좀 더 즐거운 것들을 기억하고 싶어."

엘린저는 이빨로 장갑을 벗어젖혔다. 구불구불한 길과 눈에 덮인 야트막한 절벽을 보는 그의 눈에 늑대 같은 기운이 서려 있었다.

"조심해, 프랭크. 내 반지! 아프잖아!"

"그러니까 왜 빼고 오지 않았어? 예전에는 그랬잖아. 이게 당신 향나무인가? 여기에 세울까?"

"아니, 여기가 아니야." 그녀가 매우 나지막하게 말했다. "제일 좋은 나무들은 좀 더 멀리 있어. 언덕 뒤로 되돌아가는 깊은 계곡에."

엘린저는 얼굴을 돌리고 있는 그녀를 흘끗 보았고, 그의 두툼한 입술 한쪽 끝이 미소로 실룩였다. 그녀 목소리의 음색이 변했는데, 그는 이것이 무슨 뜻인지 알았다. 그들은 한마디도 주고받지 않고 굽이도는 길의 굴곡을 따라 쏜살같이 내려갔다. 고개를 앞으로 숙인 포레스터 부인은 머프로 얼굴을 반쯤 가리고 있었다. 마침내 그녀가 썰매를 멈추라고 말했다. 길 오른쪽으로 덤불이 보였다. 그 뒤로는 메마른 계곡이 굽이굽이 절벽까지 이어졌다. 가까스로 보이는 고요한 향나무의 짙푸른 우듬지가 계곡의 굴곡을 암시했다.

"가만히 앉아 있어." 그가 말했다. "말들을 묶어 놓고 올게."

땅거미가 내리며 파르께한 그림자가 눈 위에 퍼지기 시작했을 무렵, 토끼를 찾아 조용히 숲속을 헤매던 블럼 형제 한 명이 수풀에 세워진 텅 빈 썰매와 근처에 묶여 조급히 발을 구르고 있는 조랑말 두 마리를 발견했다. 아돌프는 덤불 속으로 스르륵 들어가 쓰러진 나무 뒤에 누워 무슨 일이 벌어질지 기다렸다. 그가 살면서 겪는 것이라고는 거의 날씨뿐이었다. 잠시 후 계곡 쪽에서 도란도란 조용한 말소리가 가까워졌다. 포레스터 부부의 손님인 낯선 남자가 한쪽 팔에 버펄로 가죽 담요를 걸치고 나타났다. 포레스터 부인이 그의 다른 팔을 꼭 붙잡고 있었다. 그들은 서로가 하는 말에 완전히 몰두한 채로 천천히 걸었다. 썰매에 다다르자 남자는 담요를 좌석에 펼치고 포레스터 부인을 안아 올리려는 양 두 손을 그녀의 팔 아래 넣었다. 그러나 그는 그녀를 들어 올리지 않았다. 그는 그녀를 으스러뜨릴 듯 가슴팍에 바짝 껴안고 가만히 서 있었다. 그의 검은 코트에 파묻힌 그녀의 얼굴은 보이지 않았다.

"그놈의 망할 향나무는 어떻게 하지?" 그가 그녀를 썰매에 앉히고 담요를 둘러준 후 물었다. "내가 돌아가서 좀 베어 올까?"

"상관없어." 그녀가 중얼거렸다.

그는 썰매 좌석 아래에서 손도끼를 꺼내어 계곡으로 돌아갔다. 머프에 한쪽 뺨을 누인 포레스터 부인은 지그시 눈을 감았고, 그녀의 입술에 엷고 부드러운 미소가 걸렸다. 대기는 파랗고 평온했다. 아돌프가 있는 곳에서 그녀의 숨소리마저 들리는 듯했다. 계곡에서 나무를 내려찍는 도끼 소리가 울려 퍼지자 그녀의 눈꺼풀이 파르르 떨리는 것이 보였다... 그녀의 온몸이 부드럽게 전율했다.

돌아온 남자는 벌채한 상록수를 썰매에 던져 넣었다. 그가 그녀 옆에 자리를 잡자 그녀는 그의 팔짱을 끼고 살포시 기댔다. "천천히 몰아." 그녀가 잠꼬대를 하듯이 속삭였다. "저녁 시간에 늦어도 상관없어. 아무것도 상관없어." 조랑말들이 달리기 시작했다.

창백한 소년은 통나무 뒤에서 일어나 계곡까지 찍혀 있는 발자국을 따라갔다. 주황빛 달이 절벽 위로 둥실 떠올랐을 때도 그는 여전히 총을 무릎에 올려놓은 채 향나무 아래 앉아 있었다. 포레스터 부인이 썰매에서 완전히 안심하여 눈을 감고 기다리고 있을 때 그는 손을 뻗어 그녀를 만질 수도 있었다. 그녀가 조롱하는 눈빛과 쾌활한 태도로 세상으로부터 자신을 가리고 있지 않은 모습을 그는 처음으로 봤다. 그 통나무 뒤에 숨어 있던 사람이 태드 그라임스나 아이비 피터스였다면?

그러나 아돌프 블럼이었기에 그녀의 비밀은 안전했다. 그의 정신은 봉건적이었다. 부유하고 운 좋은 이들은 특권을 누렸다. 뜨거운 피가 흐르고 숨을 할딱이는 이 사람들은 자신들의 운을 시험했으며 충동을 따랐다—일 년 내내 축축하게 젖어 있고 부르텄으며, 메기를 잡으려고 진흙탕을 헤치거나 습지에 누워 들오리를 기다리는 소년이 어렴풋하게밖에 이해할 수 없는 충동이었다. 그가 물고기를 가지고 뒷문에 나타나면 그녀는 거만을 떠는 대신 미소를 지었다. 그녀는 절대 가격을 깎으려고 흥정하지 않았다. 그녀는 그를 한 사람 인간으로 대우했다. 그녀와 나누는 짧은 대화, 길에서 마주치면 고개를 끄덕이며 미소를 짓는 그녀의 모습은 그의 머릿속에 존재하는 가장 유쾌한 기억 중 하나였다. 사냥이 금지된 철에도 그녀는 그가 잡은 것들을 사주었으며 그를 고발하지 않았다.

VI

닐이 포레스터 부인을 정말로 잘 알게 된 것은 그 해, 즉 그녀가 처음으로 겨우내 스위트워터에 머무른 해였다. 포레스터 부부에게 그 겨울은 두 영지를 잇는 지협이나 다름없었다. 그 겨울이 지나고 얼마 되지 않아 그들의 운이 바뀌었던 것이다. 그리고 그 해는 닐에게도 자연스러운 전환점이었다. 그해 가을에 그는 열아홉 살이었고, 이듬해 봄에는 스무 살이 되었다. 매우 큰 변화였다.

크리스마스 연휴가 지나자 카드놀이 그룹은 규칙적으로 모였다. 일주일에 세 번 포머로이 판사와 조카는 포레스터 부부와 휘스트를 했다. 이따금 그들은 일찍 가서 저녁 식사를 함께했고, 가끔은 마지막 결승전을 끝내고 늦은 야식을 먹었다. 총각 생활에 지극히 만족하며, 여성이 지배하는 집에서 절대 살지 않겠다고 맹세했던 닐조차 포레스터 저택에서 경험하는 질서정연한 집의 안락함, 유쾌한 식사, 푹신

한 의자와 은은한 불빛과 기분 좋은 사람 목소리에 애착이 생겼다. 강풍이 매섭게 몰아치는 을씨년스러운 밤에 그가 좋아하는 파란 의자를 벽난로 받침쇠 앞에 놓고 앉아 있자면, 그는 자신이 어떻게 이곳을 떠나 바깥의 어둠으로 뛰어들어, 긴 얼음길과 황량한 타운의 거리를 달려갈 수 있는지 새삼 놀랐다. 그해 겨울 전구를 가지고 실험하던 포레스터 대령은 집의 남쪽, 후면 응접실 밖에 작은 유리 온실을 설치했다. 1월부터 2월까지 수선화와 로만 히아신스가 집에 가득했으며, 꽃의 자욱한 봄내 역시 난롯가에서 느끼는 달콤한 즐거움 중 하나였다.

포레스터 부인이 있는 곳에 지루함은 존재할 수 없다고 닐은 믿었다. 그녀가 종종 재치 있는 말을 하는 것은 사실이었으나, 그녀의 말재주가 뛰어나서 그녀와 나누는 대화가 매력적인 것은 아니었다. 그 매력은 그녀의 눈에서 반짝이는 빠른 이해력과 목소리 본연의 생기에서 발산되었다. 아무리 사소한 주제에 관해서라도 그녀와 대화하고 나면 더할 나위 없이 유쾌했다. 아마도 그 비결은, 하찮은 사람들에게조차 진정 흥미를 느끼지 않고는 못 배기는 그녀의 성격일 거라고 닐은 추측했다. 그녀를 즐겁게 해주기 위해 최고로 흥미로운 이야기보따리를 풀어놓을 오그던 씨나 댈젤 씨가 없으면, 그녀는 아이비 피터스의 무뢰한 같은 태도나 늙은 엘리엇 씨가 그녀에게 겨울 신발을 한 켤레 팔면서 바친 소심한 찬사에서 재미를 찾았다. 그녀는 천부적인 흉내쟁이였다. 그녀가 고기를 썰고 있는 태드 그라임스나 죽은 토끼를 들고 있는 블럼 형제 혹은 뚱뚱한 얼음 장수를 은근히 흉내로 암시하면, 그들이 본인들의 실제 모습보다 더 개성 있고 생생하게 느껴졌다. 자주 그녀는 사람들 앞에서 대놓고 그들을 흉내 냈는데, 상대는 그것을 모욕이 아니라 큰 영광으로 여겼다. 그녀에게서 웃음을 자아내는 것만큼 뿌듯한 일은 없었다. 그녀와 한층 더 친밀해지는 기분이었다. 이러한 친밀감은 그녀가 어떤 말을 하거나 맞장구치거나, 혹은 상대가 흥미로운 이야기를 했을 때 알아봐 주는 태도에서 형성되었으며, 종종 언어로 표현하기에는 너무나 분명하면서도 미묘한 뜻을 한가득 전달했다.

이로부터 아주 오랜 시간이 흐른 후에, 포레스터 부인이 살았는지 죽었는지조차 닐이 알지 못하게 된 그때 그녀의 이미지가 불현듯 눈앞에 떠오르기라도 하면, 그것은 빛나는 검은 눈과 창백하고 세모진 뺨, 그 옆에서 흔들리던 기다란 귀걸이와 그녀의 다채로운 웃음소리를 대동했다. 그가 몹시도, 몹시도 무료하고 만사가 지겨워졌을 때, 그는 오래전에 잃어버린 그 부인의 웃음소리를 다시 한번 들을 수만 있다면 자신이 즐거워질 수 있으리라 생각하곤 했다.

그해 겨울 폭풍이 뒤늦게 찾아왔다. 폭풍은 3월 첫날에 스위트워터를 휩쓸고 삼 일 내내 밤낮으로 타운을 강타했다. 30인치나 쌓인 눈더미가 칼바람에 소용돌이쳤다. 포레스터 부부는 폭설에 갇혔다. 부부가 모든 일을 일임한 벤키저는 길을 뚫기는커녕 심지어 본인도 타운에 나올 생각을 하지 않았다. 삼 일째 되던 날, 닐은 우체국에서 대령의 편지를 보관하는 가죽 우편 가방을 찾아, 허리까지 푹푹 빠지고 어떤 곳에서는 겨드랑이까지 올라오는 눈더미를 헤치며 시내를 건넜다. 오솔길을 표시하는 울타리는 눈에 파묻혀 보이지 않았으나 그는 두 줄로 늘어선 양버들 사이로 걸으며 길을 뚫고 나아갔다. 그가 마침내 저택의 정면 포치에 도착하자 포레스터 대령이 문으로 나와 그를 맞이했다.

"반갑구나, 닐. 정말 반가워. 우리 둘이서 조금 적적했단다. 오느라고 고생스러웠겠어. 정말 고맙다. 거실 난롯가로 와서 몸을 좀 말리렴. 조용히 이야기하자. 포레스터 부인은 위층에 누워 있단다. 두통이 심하다고 하더구나."

닐은 고무장화를 신은 채로 불가에서 바지를 말렸다. 대령은 자리에 앉는 대신 작은 온실의 유리문을 열었다.

"아주 예쁜 걸 보여 주마, 닐. 히아신스가 한 번에 피어나고 있는데 꼭 무지개처럼 오색찬란해. 로만 히아신스는 포레스터 부인의 꽃이라고 난 생각한단다. 그녀에게 아주 잘 어울리는 것 같아."

닐은 유리문으로 다가와서 물기를 머금은 싱싱한 꽃을 기쁜 마음으로 바라보았다. "날씨가 추워서 꽃이 죽었을까 봐 걱정했습니다, 대령님."

"아니, 이 꽃은 추위를 꽤 잘 견디지. 그동안 우리에게 친구가 되어 줬어." 그는 유리창 너머로 눈에 덮인 관목을 바라보았다. 닐은 대령이 자신의 토지를 감상하는 모습이 좋았다. 한 사람의 집은 그의 성채[12]이기도 하지, 꼭 이렇게 말하는 듯한 표정이었다. "토끼들이 지푸라기를 먹으려고 헛간에 들어왔다고 벤이 그러더구나. 초록빛을 띠는 것은 죄다 눈에 묻혔으니까. 토끼들이 굶어 죽지 않게 배추를 좀 주라고 했어. 포레스터 부인이 포치에 매일 나가서 흰멧새들에게 먹이를 줬지." 그가 혼잣말처럼 중얼거렸다.

그때 계단 문이 열리더니 포레스터 부인이 기모노 가운

---

12. 1644년 영국 판사 에드워드 쿡 경의 판결에서 나온 말로, 미국 헌법 4조의 기반이 되었다.

을 입고 내려왔다. 그녀의 낯빛이 무척 창백했다. 눈 밑의 거뭇한 그림자를 보니 잠을 설친 듯했다.

"어머, 닐 왔구나! 착하기도 하지. 게다가 편지도 가져왔네. 나한테 온 편지가 있니?"

"세 통 있어요. 덴버에서 두 통, 캘리포니아에서 하나예요." 그녀의 남편이 편지를 건네주었다. "잠 좀 잤소, 아가씨?"

"아뇨. 하지만 푹 쉬었어요. 서쪽 방이 참 쾌적해요. 처마에서 바람의 노랫소리랑 휘파람 소리가 들리거든요. 당신이 괜찮으면 난 올라가서 옷을 갈아입고 편지를 읽을게요. 닐, 난롯가에 더 가까이 가렴. 많이 젖었니?" 그녀가 옷을 확인하러 다가오자 독한 술 냄새가 코를 찔렀다. 아팠던 걸까? 아니면 그저 너무나도 지루해서 감각을 무디게 하려고 술을 마신 걸까?

그녀는 옷을 제대로 갖추어 입고 머리를 매만지고 내려왔다.

"여보," 대령이 부탁하듯 말했다. "오늘 오후에는 당신의 영국인 친구들처럼 차와 토스트를 먹고 싶소. 당신 두통에도 좋을 거예요. 닐에게도 꼭 그걸 대접하고 싶군요."

"좋아요. 메리가 치통이 있다고 드러누웠지만 내가 차를 끓이죠. 당신이 신문을 읽는 동안 닐이 여기서 토스트를 구우면 되겠네요."

그녀는 이제 활기를 되찾았다. 그녀는 메리의 앞치마 하나를 닐의 목에 걸고 토스트용 포크를 쥐어 주며 불가에 앉혔다. 닐은 대령이 신문을 읽으면서도 식기장을 주시하는 것을 눈치챘고, 아내가 셰리 없이 차만 올려진 쟁반을 가져오자 그는 매우 기뻐 보였다. 그는 차를 석 잔이나 마시고 두 번째 토스트를 집었다.

"봤죠, 여보." 그녀가 경쾌하게 말했다. "닐이 오니까 식욕이 되살아났어요. 오늘 점심도 걸렀는데요." 그녀는 소년을 향해 고개를 돌리며 말했다. "너무 오랫동안 여기에 갇혀 있었어. 신문에 무슨 소식이 있니?"

그들의 지인들과 관련된 소식이 있느냐는 질문이었다. 대령은 은테 안경을 다시 쓰고 덴버와 오마하와 캔자스 시티의 친구들 소식을 전했다. 난롯가 앞 스툴에 앉은 포레스터 부인은 토스트를 오물거리며 어마 샐턴-스미스 양의 약혼 소식 등등 신문에 실린 진지한 기사에 유머러스한 주석을 달았다.

"맙소사, 드디어 약혼했구나! 그 애를 기억하니, 닐? 여기 왔었어. 너랑 춤췄던 것 같은데."

"잘 모르겠어요. 어떤 사람이었죠?"

"딱 자기 이름 같아. 기억 안 나니? 키가 크고 생기발랄하고 눈은 꼭 늙은 선원처럼 번뜩거렸는데[13]?"

닐이 웃음을 터뜨렸다. "빛나는 눈을 안 좋아하세요, 포레스터 부인?"

"다른 사람들 눈이라면 별로 안 좋아해!" 그녀가 너무나도 명랑하게 웃음에 동참하자 대령은 만족스러운 표정으로 신문에서 시선을 들었다. 그는 신문이 무릎 위에서 천천히 오그라지게 내버려 두고 받침쇠 옆에 앉은 두 사람을 바라보았다. 그에게는 두 사람이 또래 친구나 다름없었다. 그는 포레스터 부인을 아주 어린 소녀로 생각하는 버릇이 있었다.

그가 신문을 읽고 있지 않다는 것을 알아차린 그녀가 물었다. "여보, 램프에 불을 붙일까요?"

"아니, 고맙지만 괜찮소. 저녁놀이 무척 아름답네요."

황혼이 깔렸다. 메리가 아래층으로 내려와 주방에서 부스럭거리는 소리가 들렸다. 의자에 기대앉은 대령의 슬리퍼는 난로의 불빛 속에, 우람한 어깨는 그림자에 묻혀 있었고, 이따금 그는 드르릉 코를 골았다. 방이 어둑어둑해지자

---

13. 영국 시인 새뮤얼 콜리지의 「늙은 선원의 노래」를 암시한다.

창문은 투명하고 옅은 보랏빛 사각형이 되었고, 셔터의 덜 컹거림이 멈췄다. 날이 저물면서 바람도 사그라졌다. 사위가 고요한 가운데 보헤미안 메리가 거칠게 프라이팬을 달그락거리는 소리가 이따금 정적을 깨뜨렸다. 애인인 조 퍼스릭이 안 찾아와서 메리가 기분이 안 좋다고 포레스터 부인이 속삭였다. 원래 일요일이 그가 오는 날이었는데, 지난 일요일부터 눈보라가 치기 시작했던 것이다. "애인이 안 오면 늘 치통이 시작돼!"

"뭐, 이제 제가 왔으니까 그분은 꼭 와야겠네요. 그렇지 않으면 메리가 화를 낼걸요."

"아, 올 거야!" 포레스터 부인이 어깨를 으쓱했다. "나는 아무것도 못 보고 아무 소리도 못 듣지만 메리가 조를 퍽이나 즐겁게 해준다는 것쯤은 알지!" 잠시 후 그녀가 자리에서 일어났다. "이리 와." 그녀가 속삭였다. "포레스터 씨는 주무셔. 언덕을 뛰어 내려가자. 우리를 말릴 사람 없어. 고무장화를 신고 올게. 반대하기 없기!" 그녀는 손가락으로 그의 입술을 눌렀다. "한마디도 하지 마! 이 집을 한 시도 더는 못 견디겠어."

그들은 정문을 조용히 빠져나가 갓 내린 눈 맛이 나는 차가운 공기 속으로 들어갔다. 눈에 묻힌 타운 위로 파르스름한 빛과 장밋빛이 선명한 아치를 그리며 서녘 하늘을 물들였다. 폭풍에 쓸려 거의 벌거숭이가 된 언덕의 둥그스름한 둔덕에 다다르자 포레스터 부인은 멈춰 서서 눈에 덮인 초원과 퍼렇게 꼿꼿이 선 양버들을 내려다보며 깊이 숨을 들이쉬었다.

"아, 하지만 너무 을씨년스러운걸!" 그녀가 중얼거렸다. "내년 겨울에도…내후년 겨울에도 계속 여기에 머물러야 한다고 생각해 봐! 내가 어떻게 되겠니, 닐?" 그녀의 목소리에는 공포가, 의심할 여지 없는 두려움이 배어 있었다. "모르겠니? 난 여기서 아무것도 할 게 없어. 꼼짝도 못 한다고. 난 스케이트를 타지도 않아. 캘리포니아에서는 사람들이 스케이트를 안 타는 데다가 더구나 난 발목이 약하거든. 겨울에는 항상 춤을 췄어. 콜로라도 스프링스에서는 댄스파티가 끊임없이 열려. 내가 그걸 얼마나 그리워하는지 넌 상상도 못 할 거야. 난 여든 살이 될 때까지 춤출 거야… 왈츠를 추는 할머니가 될 거라고! 춤은 내게 좋아. 난 그게 필요해."

그들은 눈길을 뛰어 내려갔고, 나무다리에 도착할 때까지 멈추지 않았다.

"봐, 심지어 시냇물도 얼었어! 흐르는 물은 얼지 않는 줄 알았는데. 얼마나 오랫동안 이러니?"

"이제 얼마 안 남았어요. 한 달 안에 습지에서 푸릇푸릇 싹이 올라오고 곧 들판을 초록빛으로 뒤덮을 거예요. 이곳은 봄에 정말 아름다워요. 그리고 내일은 외출할 수 있을 거예요, 포레스터 부인. 구름이 걷히고 있어요. 봐요, 저기 초승달이 떴어요!"

그녀가 뒤돌아봤다. "이런, 잘못된 어깨 너머로 봤어[14]!"

"아니에요, 제 어깨 너머로 봤잖아요."

그녀는 한숨을 쉬고 그와 팔짱을 꼈다. "아가야, 네 어깨는 그만큼 넓지 않단다."

즉시 그의 눈앞에 무척이나 넓은, 사실 거슬릴 정도로 넓은 어깨와 그 위에 걸쳐진 화려한 코트와 아스트라한 깃이 떠올랐다. 천천히 언덕을 다시 올라가는 길에 닐은 머릿속에 침입한 제삼자의 이미지가 몹시도 불쾌했다.

이상하게도, 닐은 포레스터 대령의 아내로서의 그녀에게 가장 큰 흥미를 느꼈으며 남편과의 관계에 비추어 본 그녀의 모습을 가장 흠모했다. 그녀의 숱한 다른 매력들에도 불구하고, 그녀가 이 철도 건설업자를 이해하고 그에게 충

---

14. 초승달을 왼쪽 어깨 너머로 돌아보면 불행이 찾아오고 오른쪽 어깨 너머로 보면 행운이 찾아온다는 미신을 뜻한다.

실한 모습이 무엇보다 강하게 그녀에게 새겨져 있었다. 그것이야말로 품성이라고, 그는 생각했다. 다마스쿠스산 강철처럼 견고하여, 결코 닳거나 해어질 수 없었다. 포레스터 부인이 그 모습을 되찾을 때 그녀를 흠모하는 자신의 마음도 되살아난다고 그는 생각했다. 닐은 콜로라도에서 그녀가 즐기는 화려한 생활이나 매해 겨울 그녀가 거느리고 다니는 젊은 남자들에 대한 소문을 듣기를 좋아했는데, 심지어 심술궂은 소문도 좋아했다. 이따금 그는 자신이 그녀를 알고 지낸 이래 그녀가 누릴 수 있었던 삶과 실제로 그녀가 선택한 삶을 비교하곤 했다. 바로 그 차이에서 그녀의 가장 미묘한 매력이 샘솟았다. 자신이 준수하는 관습을 한껏 조롱함으로써, 그녀는 모순이라는 마력을 물려받았다.

VII

포레스터 저택에서 카드 게임이 열리지 않는 날이면 닐은 주로 자기 방에서 책을 읽었다. 그가 응당 읽어야 할 법률 서적은 아니었다. 포레스터 부부가 스위트워터에 없던 지난겨울, 따분한 나날이 연달아 뒤를 잇던 그 겨울에 그는 마르지 않는 샘처럼 풍부한 소일거리를 발견했다. 후면 사무실의 이중문과 벽 사이에 놓인 높다랗고 좁은 책장은 꼭대기부터 바닥까지 어두운 색깔의 천으로 장정이 된 장엄한 책들로 빼곡했다. 이 책들은 법률 서적들로부터 분리되어 있었다. 이들은 포머로이 판사가 버지니아 주립 대학교 학생 시절에 구입한 본 고전문학 전집[15]으로, 거의 한 권도 빠짐없이 갖추어져 있었다. 판사는 이 책들을 서부로 가져왔는데, 이것들을 자주 읽어서가 아니라 그 시절에 신사라면 으레 와인 창고에 클라렛을 지니고 있듯 자기 서가에 고

---

15. 영국의 출판업자이자 중고책 판매자였던 헨리 조지 본이 1864년부터 대중을 대상으로 유명한 명작들을 저렴하게 출간했다.

전 서적을 가지고 있어야 했기 때문이었다. 그중에는 바이런의 시집이 세 권 있었는데, 지난겨울 삼촌은 닐이 알아듣지 못한 인용문과 관련해서, 『돈 후안』만 제외하고 바이런의 작품을 읽으라고 권했다. 판사는 빙그레 웃으며 "그건 나중에 읽어도 된다."라고 덧붙였고, 물론 닐은 『돈 후안』부터 읽기 시작했다. 그리고 그는 『톰 존스』와 『빌헬름 마이스터』를 읽었고, 몽테뉴와 오비디우스의 완역본에 다다를 때까지 쉬지 않고 맹렬히 읽어 나갔다. 마지막에 언급한 책들은 아직 끝내지 못했다—늘 다른 책들을 읽고 나서 다시금 돌아가곤 했다. 이 책들의 저자들이야말로 진정한 장인이라고 그는 생각했다. 심지어 『돈 후안』에서도 조금 실없는 부분들이 발견되곤 했으나, 이 작가들의 작품에서는 전혀 찾아볼 수 없었다.

삼촌의 전집에는 철학책들도 포함되어 있었지만 그는 한번 펼쳐 보고 말았다. 그는 사람들이 어떤 생각을 했는지에는 무관심했다. 그는 그들이 무엇을 느끼고 어떻게 살았는지에 강렬한 호기심을 느꼈다. 이 책들이 인류의 지혜를 대표하는 고전문학이라고 누군가 그에게 일러 주었다면, 두 말 할 것도 없이 그는 책들을 건드리지 않았을 것이다. 그러나 그는 이것들을 스스로 발견했고, 발견한 이래 묘한

죄책감이 깃든 쾌감을 느끼며 이중생활을 영위해 왔다. 그는『헤로이데스』를 몇 번이고 거듭 읽으며 세상에 이렇게 찬란한 사랑 이야기는 또 없으리라고 느꼈다. 그는 이 책들이 한가로운 시간을 즐겁게 보내기 위해 만들어진 발명품이 아니라, 실제로 살아 숨 쉬고 움직이다가 들킨, 엄격한 형식과 딱딱한 문구라는 겉모습 뒤에서 깜짝 놀란 생명체로 여겼다. 그는 과거를 엿듣고 있었으며, 누군가 이 작은 서부 마을들을 꿈꾸기 훨씬 전부터 돌진하고 반짝거리고 화려하게 죄를 지은 위대한 세계로 빠져들었다. 램프 옆에서 보낸 황홀한 밤들 덕분에 그는 시야가 넓어졌고, 주변 사람들을 다른 시선으로 보게 되었으며, 자신이 그들과 어떤 관계를 맺기를 바라는지 확실히 깨달았다. 왠지, 책을 읽다 보니 그는 건축가가 되고자 하는 꿈을 품게 되었다. 만일 판사가 본 전집을 켄터키에 두고 왔다면 조카의 삶이 매우 달라졌을지도 모른다.

마침내 봄이 왔고, 포레스터 플레이스는 그 어느 때보다도 아름다웠다. 날마다 대령은 꽃망울이 맺히기 시작한 관목들 사이에서 길고 행복한 하루를 보냈고, 그의 아내는 손님들에게 이렇게 말하곤 했다. "네, 포레스터 씨가 금세 올 거예요. 영국인 정원사를 보내서 모시고 오라고 할게요."

6월 초에 대령의 장미꽃이 피어나기 시작할 무렵 그의 즐거운 일과를 훼방 놓은 일이 터졌다. 어느 날 아침 근심스러운 전보가 왔다. 그는 정원 가위로 봉투를 열고 집에 들어와 포머로이 판사에게 전화를 해달라고 아내에게 부탁했다. 그가 대주주로 임하고 있는 덴버의 저축은행이 파산했다. 그날 저녁 대령과 그의 법률고문은 서쪽으로 향하는 급행열차를 타고 떠났다. 판사는 닐에게 사무소 업무에 관한 지시를 마무리하며, 유감스럽게도 대령이 큰돈을 잃게될 거라고 말했다.

포레스터 부인은 위험을 인지하지도 못하는 듯했다. 남편을 배웅하러 역에 나온 그녀는 그의 급무를 단순히 '사업 출장'이라고 일컬었다. 그렇지만 닐의 가슴은 불길한 예감으로 선득였다. 그는 그녀에게 닥칠 가난이 두려웠다. 그녀는 늘 부유해야 하는 사람들 중 하나였다. 지금의 여유로운 삶에 조금이라도 제한이 생기면 그녀에게는 고생스러울 것이며—어울리지 않을 것이다. 궁핍한 상황에서 그녀는 그녀답지 못할 것이다.

닐은 타운의 호텔에서 식사했다. 대령이 떠나고 삼 일째 되던 날 호텔 숙박객 명단에서 프랭크 엘린저의 이름을 본 그는 짜증이 치밀었다. 저녁 식사 시간에 호텔 식당에서 엘린저가 보이지 않았으므로 물론 그가 포레스터 부인과 식사하고 있다는 뜻이었는데, 더구나 부인이 그의 음식을 몸소 차려 주었을 터였다. 대령이 집을 비우는 김에 보헤미안 메리가 농장에 사는 어머니를 만나러 갈 수 있게 부인이 일주일 휴가를 주었던 것이다. 포레스터 대령이 부재중인데 엘린저가 스위트워터에 찾아온 것은 몹시 품위 없는 일이라고 닐은 생각했다. 추문을 불러일으킬지도 모른다는 것쯤은 당연히 알았어야 하는 것 아닌가.

닐은 그날 저녁 포레스터 부인을 찾아갈 생각이었지만 사무실로 대신 갔다. 그는 늦게까지 책을 읽었고 깊이 잠들지 못했다. 기관차 차고에서 입환 기관차가 증기를 내뿜는 소리에 동이 트기도 전에 잠이 깨버린 그는 이불을 뒤집어쓰고 다시 잠을 청했으나, 쉿쉿 새어 나오는 증기 소리가 무슨 이유에서인지 그를 자극했다. 여름이 왔으며, 포레스터 습지에서 새벽빛이 곧 영롱하게 타오를 것이라는 생각을 떨칠 수가 없었다. 잠들어 있는 어린아이들에게 이따금 찾아오는 강렬한 여름의 환희가 그를 깨웠다. 그는 자리를 박차고 일어나 재빨리 옷을 입었다. 윔블턴 호텔의 최고급 객실에서 아직 자고 있을 프랭크 엘린저의 달갑지 않은 존재가 방해하기 전에 그가 먼저 언덕으로 갈 것이다.

애정과 보호 본능이 닐을 꼭두새벽부터 양버들 사이 오솔길로 데려갔으나, 그는 저택에는 접근하지 않고 두 번째 다리에서 초원을 빙 돌아 습지로 내려갔다. 하늘은 구름 한 점 없는 여름 새벽의 희미한 분홍빛과 은빛으로 타오르고 있었다. 이슬을 무겁게 머금고 고개를 떨군 풀을 헤치며 나아가다 보면 무릎까지 젖었다. 둥글게 이슬이 맺힌 설악초가 차가운 은빛 이불처럼 습지를 덮었고, 스왐프 밀크위드에서는 산딸기색 꽃이 납작하게 무리 지어 흐드러졌다. 신선한 아침 공기와 보드라운 하늘과 이른 새벽의 이슬에 젖어 은은하게 빛나는 풀과 꽃에서 거의 종교적인 순수함이 느껴졌다. 살아 숨 쉬는 모든 것에 평온과 행복이 깃들어 있었다—때 묻지 않은 대기를 가르며 날아다니는 새들의 촉촉한 아침 노래처럼. 사프란 빛 동녘 하늘에서 가느다랗고 노란 햇살이 포도주처럼 흘러나와 향긋한 초원과 반짝반짝 빛나는 숲의 표면을 금빛으로 물들였다. 왜 이 시간에 좀 더 자주 오지 않았을까, 닐은 생각했다. 인간들과 그들의 행위가 하루를 망치기 전에, 영웅들의 시대가 물려준 선물처럼 아침이 아직 순결한 시간에.

습지 위로 뻗어 나온 절벽의 바위 밑에서 그는 불꽃처럼 새빨간 꽃망울을 막 터뜨리기 시작한 야생장미 덤불을 발견했다. 벌어진 꽃잎은 강렬한 장밋빛으로 물들어 있었는데, 정오만 되어도 이미 사라지는 이 빛깔은 햇빛과 아침과 이슬의 합작품이었으며, 너무나 강렬하기에 오래갈 수 없었다... 황홀경처럼 결국에는 바랠 수밖에. 닐은 주머니칼을 꺼내 붉은 가시로 덮인 질긴 줄기를 자르기 시작했다.

사랑스러운 숙녀를 위해 꽃다발을 만들 것이다. 아침의 두 뺨에서 그러모은 꽃다발이었다... 잠에서 완전히 깨어나지 않은 장미꽃들은 절대적인 아름다움처럼 무방비 상태였다. 그녀 침실의 프랑스식 창문 바로 앞에 꽃다발을 놓을 것이다. 햇살을 들이려 셔터를 열면 그녀는 이 꽃다발을 발견할 것이고, 어쩌면 꽃을 본 순간 돌연 프랭크 엘린저처럼 천박한 속인에 대해 거부감을 느낄지도.

그는 초원에서 자라는 기다란 풀로 꽃다발을 묶고 숲길을 따라 언덕을 올라가, 고요한 집을 조용히 돌아서 북쪽에 있는 포레스터 부인의 침실 앞으로 갔다. 문처럼 길쭉한 녹색 셔터는 닫혀 있었다. 그가 창틀에 꽃다발을 내려놓으려고 몸을 숙이는데 집 안에서 여자의 부드러운 웃음소리가 들렸다—조급하고, 너그럽고, 장난스럽고, 열렬한. 그리고 또다른 웃음소리. 전혀 다른 그 웃음소리는 남자의 것이었다. 기름지고 게을렀으며—하품 같은 소리로 끝났다.

정신을 차리고 보니 닐은 언덕의 어귀에서 나무다리를 건너고 있었다. 그의 얼굴이 홧홧했고 관자놀이가 쿵쿵댔으며 분노에 눈이 멀어 아무것도 보이지 않았다. 그의 손에는 따끔따끔한 야생장미 다발이 여전히 들려 있었다. 그는 철조망 너머로 꽃다발을 던져 냇가 아래 가축들이 짓밟아 놓은 진흙탕에 버렸다. 그는 자신이 저택에서 차도로 내려왔는지 아니면 관목 숲을 지나왔는지조차 기억나지 않았다. 창틀로 몸을 기울였다가 일으킨 그 짧은 사이에 그는 인생에서 가장 아름다운 것 하나를 잃었다. 이슬이 미처 마르기도 전에 아침이 망가졌다. 그리고 앞으로 맞이할 모든 아침도 망가졌다고 그는 씁쓸하게 되뇌었다. 그의 삶에서 꽃처럼 피어 있던 존경심과 충성심이 끝장난 날이었다. 다시는 되찾을 수 없었다. 아침에만 느낄 수 있는 꽃의 신선함처럼 영영 사라졌다.

"썩은 백합은," 그는 중얼거렸다. "썩은 백합은 잡초보다 악취가 역하니[16]."

우아함, 다채로움, 사랑스러운 목소리. 검은 눈동자 속에서 빛나던 즐거움과 환상. 이 모든 게 무의미했다. 그녀가

16. 셰익스피어 소넷 94에서 인용했다.

모욕한 것은 도덕성이 아니라 미적 이상이었다. 눈에 보이는 것보다 더 특별한 아름다움을 지닌 아름다운 여자들... 그들의 찬란한 매력은 언제나 저속하고 숨겨진 무언가에서 우러나오는 것일까? 그것이 그들의 비밀이었나?

VIII

닐은 아침 기차로 돌아온 포레스터 대령과 삼촌을 마중 나갔다가 함께 집으로 돌아왔다. 그들이 포레스터 부인과 정면 응접실에 앉을 때까지 덴버에서 있었던 일은 거론되지 않았다. 창문이 열려 있었고, 정원에서 오뉴월의 장미와 고광나무의 향이 살랑살랑 흘러들어왔다. 포레스터 대령은 천천히 손수건을 펴서 이마와 낮은 깃에 맞닿은 두툼한 목덜미를 닦은 후에서야 운을 뗐다.

"아가씨," 그가 그녀를 외면한 채로 말했다. "내가 가난한 남자가 되어 돌아왔소. 손해를 보상하느라 거의 전 재산을 털어 넣어야 했소. 이 집은 아무런 저당 없이 우리 소유이고, 내 연금이 있소. 그게 전부예요. 목축으로 수입을 조금 낼 수 있겠지."

닐이 보니 포레스터 부인은 매우 창백해졌으나, 그녀는 미소를 지으며 남편에게 시가 스탠드를 가져다주었다. "오,

어쩔 수 없죠! 우리가 어떻게든 해나갈 수 있지 않겠어요?"

"그럭저럭 먹고살 정도요. 그 이상은 힘들 거예요. 안타깝게도 포머로이 판사는 내가 어리석게 행동했다고 생각하는 것 같소."

"전혀 아닙니다, 포레스터 부인." 판사가 외쳤다. "대령님은 제가 그 입장이었다면 감행할 수 있기를 바라는 그런 결정을 내리셨어요. 하지만 전 총각입니다. 포레스터 대령님이 부인 명의로 넘길 수 있던 국채증권과 유가증권이 있었지만, 만일 그렇게 하셨다면 예금주들이 손해를 봤을 거예요."

"그렇게 하는 남자들을 나도 아네." 대령이 무겁게 말했다. "하지만 그런 행동이 자기 부인에게 존경을 표하는 거라고 생각한 적은 없어. 포레스터 부인만 괜찮다면, 난 내 결정을 절대 후회하지 않을 걸세." 그들이 돌아오고 나서 처음으로 그의 지치고 부은 눈이 아내의 눈을 찾았다.

"여보, 난 사업 문제에서 당신 결정을 의심한 적 없어요. 난 그런 것에 대해 아무것도 모르는걸요."

대령은 상자에서 꺼냈으나 불을 붙이지 않은 시가를 내려놓고 힘겹게 일어나더니, 퇴창으로 걸어가 들판을 내다보았다. "정원이 보기 좋소, 아가씨." 잠시 후 그가 말했다.

"장미에 물을 잘 주었구려. 이런 날씨에는 물을 충분히 주어야 하거든. 자, 당신이 양해해 준다면 난 잠깐 눕고 싶소. 기차에서 잘 못 잤어요. 판사님과 닐은 점심을 먹고 갈 거요." 그는 포레스터 부인 방으로 들어가 문을 닫았다.

포머로이 판사는 덴버에서 그들이 마주한 상황을 부인에게 설명하기 시작했다. 포레스터 부인은 이름밖에 몰랐던 그 은행은 소소한 예금에 경쟁력 있는 이자를 지급했다. 예금주는 월급쟁이들이었다. 철도회사 직원, 정비사, 노동자 등 대다수 예금주가 한때 포레스터 대령 밑에서 일했던 사람들이었다. 은행 임원들 가운데 예금주들에게 잘 알려진 사람은 대령뿐이었고, 그의 이름이 예전 직원들과 그들의 친구들에게 안전과 정당한 대우를 약속했다. 다른 임원들은 여러 사업을 한 번에 벌이고 있는 유망하고 젊은 사업가들이었다. 그렇지만—판사는 격분한 표정으로 말을 이었다—그들은 신사답게 책임을 지고 손해를 보상하기를 거부했다. 그들은 은행이 무분별한 투자와 잘못된 경영 탓에 파산한 것이 아니라, 그 누구도 예측할 수 없었던 가치 하락과 전국적인 경제공황 때문이라고 우겼다. 그들은 예금주들도 함께 손해를 분담해야 한다고 고집하며, 1달러에 50센트를 지불하고, 25퍼센트에는 장기 은행권을 발행하여 총 75퍼센트만 갚는다고 결정했다.

포레스터 대령은 단 한 명의 예금주도 돈을 잃으면 안 된다는 주장을 단호하게 고수했다. 전도유망한 젊은 사업가들은 예의 바르게 그의 의견을 듣기는 했으나 자신들이 결정한 대로밖에 처리할 수 없다고 최종적으로 통보했다. 예금주에게 추가로 환급해 주고 싶다면, 그건 그가 알아서 할 일이라는 것이었다. 대령은 은행 금고에서 자신의 철제 금고를 가져오라고 한 후 그들이 보는 앞에서 개봉하고 내용물을 테이블 위에서 분류했다. 그 자리에서 그는 국채증권을 넘겨 주었다. 포머로이 판사는 광산 증권과 다른 유가증권을 공개시장에서 매도하라는 지시를 받고 나갔다.

이야기가 이쯤에 다다르자 판사는 자리에서 일어나 시곗줄의 표장을 비비 꼬며 방 안을 서성였다. "명예로운 남자라면 그렇게밖에 할 수 없었을 겁니다, 포레스터 부인. 임원들 다섯 명이 나 몰라라 하는 판국에 대령님은 자신의 명예를 지키거나 포기해야만 했습니다. 예금주들은 대령님이 회장이었기 때문에 그 은행에 자신들의 저축을 맡겼습니다. 재산이라고는 자기 두 손과 허리밖에 없는 이들에게 대령님의 이름은 안전을 뜻했으니까요. 대령님이 임원들에게 설명하려고 애쓰셨듯이, 그들의 저축은 단순히 숫자가 아니었습니다. 자기 집을 마련하거나 아픈 가족을 돌보거나 아이를 학교에 보낼 돈이었습니다. 그런데 지역에서 존경받는 똑똑한 이 젊은이들은 부인의 부군께서 자기 생명보험을 담보로 걸기까지 하며 전 재산을 포기하는 동안 앉아서 자기 손끝만 내려다보고 있었습니다! 매일매일, 하루종일 은행 밖 거리에 사람들이 웅성거렸습니다. 폴란드인, 스웨덴인, 멕시코인 등등 모두 잔뜩 겁에 질려 있었죠. 그중 대다수가 영어를 하지도 못했습니다. 그들이 아는 영어 단어라고는 '포레스터'뿐인 것 같았어요. 은행을 들락날락할 때마다 멕시코인들이 "포레스터, 포레스터." 부르는 소리가 들렸습니다. 자기 재산을 포기하는 대령님을 보면서 저는 부인 생각에 너무나도 괴로웠습니다. 하지만, 제 명예를 걸고, 전 대령님을 말릴 수 없었습니다. 그 자리에 있던 비겁한 놈들을 말하자면," 판사는 포레스터 부인 앞에 멈춰 서더니 부스스한 흰머리를 양손으로 헝클어뜨렸다. "맹세코, 부인, 제가 너무 오래 살았나 봅니다! 우리 시대에는 사업가와 건달의 차이가 백인과 흑인의 차이만큼이나 컸습니다. 대령님의 고문으로 함께 가기에 전 적당한 사람이 아니었습니다. 법조계에서 일하는 유들유들한 자들, 그러니까 아이비 피터스가 되어 가고 있는 그런 사람이었다면 그 잔해에서 부인을 위해 무엇이라도 건졌을지 모릅니다. 하지만 전 대령님을 설득할 수 없었어요. 은행 밖에 있던 사람들에게 대령님의 이름은 1달러에 100센트를 의미했고, 결국 그들은 전부 돌려받았습니다! 부인, 전 대령님이 자랑스럽습니다. 대령님과의 친분이 자랑스럽습니다!"

닐은 난생처음으로 포레스터 부인이 얼굴을 붉히는 것을 보았다. 그녀의 얼굴에 일순 분홍빛이 스쳤다. 그녀의 눈이 촉촉하게 빛났다. "판사님이 잘하셨어요. 저도 그이가 저 때문에 달리 행동하게 내버려 두지 않았을 거예요. 다시는 고개를 못 들고 사셨을 테니까요. 전 그이를 잘 알아요." 그녀는 이 말을 하면서 방의 반대편에 있던 닐을 쳐다봤는데, 어떤 실례를 매우 근엄하고도 섬세하게 나무라는 듯한 눈빛이었다―그러나 그로서는 자신이 어떤 실례를 범했는지 의식하지 못했다.

집주인이 점심 식사를 준비하러 가자 판사는 조카를 향해 돌아섰다. "네가 건축가가 되기로 결정해서 다행이다, 닐. 새롭게 떠오르고 있는 이 사업 세계에서 변호사가 떳떳하게 일할 수 있을지 모르겠다. 법률은 아이비 피터스 같은 애들에게 맡기고, 깨끗한 직업을 가지렴. 내가 포레스터 씨와 함께 가는 게 아니었어." 그는 서글프게 고개를 가로저었다.

"이분들이 정말 가난해지시는 건가요?"

"궁해지겠지. 대령님이 말씀하신 대로다. 이 집밖에 남은 게 없어."

포레스터 부인이 돌아와서 점심 식사가 준비되었다고 남편을 깨우러 갔다. 그녀가 침실 문을 열자 숨넘어갈 듯 요란하게 코를 고는 소리가 들리더니, 그녀가 빨리 와달라고 소리쳤다. 대령은 골방에 있는 철제 침대에 뻗어 있었으며 포레스터 부인이 그의 머리를 들으려고 버둥거리고 있었다.

"서둘려, 닐." 그녀가 헐떡이며 말했다. "베개를 머리 아래 받쳐야 해. 내 침대에서 가져와." 닐은 살며시 그녀를 밀어냈다. 대령의 어깨를 받치려고 힘을 주니 얼굴에 땀이 맺혔다. 마치 다친 코끼리를 들어 올리는 것만 같았다. 황급히 거실로 달려나간 포머로이 판사는 데니슨 선생에게 전화해서 포레스터 대령이 뇌졸중을 일으켰다고 알렸다.

뇌졸중은 대니얼 포레스터 같은 남자를 끝장낼 수 없었다. 그가 삼 주간 병상에 누워 있는 동안 닐은 포레스터 부인을 도왔고, 벤 키저가 닐을 보살폈다. 당시 닐은 포레스터 저택에서 오랜 시간을 보냈으나 포레스터 부인과 단둘이 이야기한 적은 없었다—사실 그녀를 거의 보지도 못했다. 처리해야 할 일이 잔뜩 쌓이자 멍해진 그녀는 냉담하기까지 했다. 답장해야 하는 편지와 감사를 표해야 하는 꽃과 포도주와 과일 선물이 산더미로 쌓여 있었다. 미주리부터 산간지방까지, 곳곳에 흩어져 있는 친구들로부터 쾌유를 기원하는 편지가 물밀 듯이 쏟아져 왔다. 대령의 방에서 간호하거나 부엌에서 대령을 위한 특식을 준비하고 있지 않을 때면, 부인은 늘 책상 앞에 앉아 있었다.

어느 날 아침 그녀가 책상 앞에 있는데 귀한 손님이 찾아왔다. 우체국에 가져갈 편지를 기다리는 닐의 눈에 육중한 남자가 언덕을 올라오는 모습이 보였다. 남자는 구깃구깃한 폰지 수트를 입고 파나마 모자를 썼으며, 구레나룻이 불그스름했다. 콜로라도&유타 컴퍼니의 회장인 사이러스 댈젤이었다. 자신의 전용 승용차를 끌고 오랜 친구를 병문안 온 것이었다. 닐의 말을 듣고 나온 부인은 붉은 실크 반다나로 얼굴의 땀을 훔치며 올라오던 손님을 계단에서 맞이했다.

그는 부인의 두 손을 잡고 따뜻한 저음의 목소리로 외쳤다. "여기 있구려, 신부처럼 싱그러운 모습으로! 내가 예전의 특권을 누려도 되겠소?" 그는 고개를 숙여 그녀의 뺨에 입을 맞추었다. "메리언, 당신을 성가시게 하지 않을게요." 집에 들어오며 그가 말했다. "하지만 대니얼이 어떤지, 또 당신은 잘 있는지 내 눈으로 직접 확인해야 했어요."

댈젤 씨는 닐과 악수했고, 이야기하는 내내 불곰처럼 서툴고 조심스럽게 응접실을 오락가락했다. 포레스터 부인은 그를 멈춰 세우더니 휘날리는 노란 넥타이를 바로잡고, 주름진 재킷의 뒷면을 펴주었다. "오늘 아침에 외출 준비하실 때 키티가 옆에 없었던 게 한눈에 보이네요." 그녀가 웃음을 터뜨렸다.

"고마워요, 고마워. 풋내기 비서를 하나 고용했는데 자기 임무의 범위가 어디까지인지 아직 잘 모르는 거 같아요. 아니, 키티도 같이 오고 싶어 했는데 포츠머스에서 까불이 조카 두 명이 와서 우리 집에서 머물고 있지 뭡니까. 도저히 애들을 두고 올 수 없었어요. 나는 벌링턴 급행열차 꽁무니에 내 차를 연결해서 왔어요. 자, 이제 대니얼이 어떤지 말해 줘요. 뇌졸중이었어요?"

포레스터 부인이 소파에서 옆자리에 앉아 남편의 병세를 설명하는 동안 그는 큼직하고 부드러운 손으로 그녀의 손을 잡고 다정하게 다독이며, 친절한 질문과 위로의 말로 그녀의 이야기를 종종 끊었다.

"이제 집에 가서 키티한테 그가 금세 회복할 거라고 말할 수 있겠네요. 그리고 당신은 오늘 밤 파티에서 주인공을 할 것처럼 예뻐 보이고요. 내가 차에 포트를 몇 병 싣고 왔는데, 의사가 처방하는 그 어떤 것보다 몸에 좋을 거라고 대니얼한테 귀띔해 줘요. 그리고 포도주에 식견이 있는 숙녀분을 위해 셰리를 열두어 병 가져왔어요. 내년 겨울에는 두 사람 모두 스프링스에서 우리와 함께 지내면서 기분 전환을 할 거예요."

포레스터 부인이 부드럽게 고개를 가로저었다. "오, 안타깝게도 그건 아름다운 꿈일 뿐이에요. 그래도 우리 계속 꿈을 꾸기로 해요!" 사이러스 댈젤이 언덕을 올라온 순간부터 그녀의 모든 것이 환하게 빛을 발했다. 그녀의 양쪽 뺨 옆에 길게 드리운 가넷 귀걸이마저 더 그윽하게 빛나 보인다고 닐은 생각했다. 불과 30분 전 저기 앉아서 편지를 쓰던 여자와 전혀 다른 사람이 되었다. 회장의 폰지 코트 소매를 매만지는 그녀의 손가락은 나비의 날개처럼 가볍고 경쾌했다.

"그냥 꿈이 아니에요, 메리언. 키티가 전부 준비해 놓았어요. 그녀가 얼마나 일 처리가 빠른지 알잖아요. 내가 차를

가지고 데리러 올게요. 내 예전 비서 짐이 대니얼의 시중을
들 거고, 당신은 그냥 놀면서 우리 모두에게 싱싱한 활력을
불어넣어 주면 돼요. 지난겨울에 우리는 포레스터 부인 없
이는 아무것도 못 하겠다는 걸 깨달았어요. 당신 없이는 제
대로 되는 일이 없더군요. 파티가 끝나고 나면 우리는 둘러
앉아서 대체 파티를 왜 열었을까 후회했어요. 아, 안 돼요.
당신 없이는 안 되겠어요!"

　그녀의 눈에서 눈물이 반짝였다. "정말 다정하시군요.
내가 없는 자리에서 누군가가 나를 기억해 준다는 건 참 기
쁜 일이에요." 그녀의 목소리에는 아름답고 조용한 옛날 노
래에서 이따금 들리곤 하는 달콤한 애수가 배어 있었다.

IX

대령은 삼 주가 지나서 병상에서 일어났다. 그는 왼쪽 발을 끌고 걸었으며 왼쪽 팔의 움직임이 불안했다. 그는 말을 다시 할 수 있었으나, 목이 쉬었으며 발음이 흐리멍덩했다. 어떤 단어들은 명확히 발음할 수 없어서 버벅거리다가 음절을 빠뜨리곤 했다. 고로 그는 심지어 예전보다 더 과묵해졌다. 의사는 그가 뇌에 또다른 손상을 입지 않는 한 수년을 편히 살 수 있을 거라고 예측했다.

MIT에서 건축학을 공부하기로 마음먹은 닐은 입학시험을 준비하기 위해 8월에 보스턴으로 떠날 예정이었다. 그는 떠나기 바로 전날까지 포레스터 부부에게 작별인사를 미뤘다. 그의 마지막 방문은 지금까지의 어떤 방문과도 달랐다. 이미 그들은 그를 성인으로 대우하기 시작했다. 그는 이제껏 자기 집처럼 편하게 여겼던 응접실에 다소 뻣뻣하게 앉았다. 퇴창 앞에 놓인 커다란 의자에 앉아 한낮의 햇볕을 듬

뻑 쐬고 있는 대령은 말수는 적었으나 무척 상냥했다. 그늘이 드리운 응접실의 구석 소파에 앉은 포레스터 부인은 닐의 계획과 여정에 대해 이런저런 질문을 던졌다.

"메리가 이번 가을에 퍼스릭과 결혼한다는 게 사실이에요?" 그가 부인에게 물었다. "그럼 집안일은 이제 누가 거들어 줘요?"

"당장은 아무도 없어. 내가 할 수 없는 일들은 벤이 도와줄 거야. 걱정하지 마. 우리는 늙은 시골 부부처럼 조용히 겨울을 보낼 테니까—사실 우리가 늙은 시골 부부잖니!" 그녀가 쾌활하게 말했다.

닐은 그녀가 겨울을 끔찍하게 두려워한다는 걸 알았으나, 이제 자기 집에서 하녀의 일을 떠맡을 각오를 한 그녀는 매우 침착했으며 그 언제보다 안주인의 위엄을 보였다. 어떤 생각이 처음으로 뇌리를 스쳤다—쾌활함을 유지하기 위해 그녀가 어떤 대가를 치렀을 거라는.

"우리를 잊지 말렴. 하지만 침울해하지도 마. 새로 친구들을 많이 사귀어. 스무 살은 두 번 다시 오지 않아. 코러스 걸이랑 데이트도 해. 꼭 예쁜 애로! 용돈은 걱정하지 마. 네가 곤란한 상황에 빠지면 우리가 수표 한 장 보내서 도와줄 수 있을 거야. 그렇지 않아요, 여보?"

대령은 즐거워하는 표정으로 숨을 가빠 쉬었다. "그럴 수 있을 거다, 닐. 물론이지. 일어나지 마라. 저녁을 먹고 가야지."

닐은 그만 가봐야 한다고 말했다. 여태 짐도 안 쌌는데 이튿날 아침 열차로 떠나기 때문이었다.

"그럼 네가 떠나기 전에 우리가 한잔해야겠구나." 포레스터 대령은 지팡이를 짚고 어렵사리 일어나서 식당으로 갔다. 그는 디캔터를 가져와 엄숙하게 석 잔을 따랐다. 그는 잔을 들고 언제나처럼 잠시 생각에 잠겨 눈을 껌벅였다.

"행복한 나날을 위해!"

"행복한 나날을 위해!" 포레스터 부인이 무척이나 사랑스러운 미소와 함께 반복했다. "그리고 닐의 성공을 위해!"

대령과 부인은 함께 문까지 나왔고, 떠나는 손님을 배웅할 때 늘 그랬듯 포치에 나란히 섰다. 닐은 감동하고 행복한 기분으로 언덕을 내려왔다. 그런데 다리를 지나다가 갑작스레 우울해졌다. 그의 가슴을 싸늘하게 식히는 그 의혹이 언제나 도사리고 있을까? 그날 아침 그가 장미꽃을 내던진 그 진흙탕 속에?

그녀에게 간절히 묻고 싶은 것이 하나 있었다. 그녀에게서 진실을 듣고 마음을 편히 하고 싶었다. 그녀는 엘린저

같은 남자와 있을 때 자신의 기품은 전부 어떻게 하는지? 어디에 치워 두는지? 그리고 그것을 한번 치워 놓은 다음에 어떻게 다시 자신을 되찾아서, 사람들에게—심지어 그에게도—세상 누구와 맞서도 부러지지 않게 단조된 칼날 같은 굳건한 힘을 실어 주는지?

Part 2

I

닐 허버트가 고향에 돌아오기까지 2년이 걸렸으며, 그가 돌아와서 처음 마주친 지인은 아이비 피터스였다. 아이비는 재판에서 돌아오는 길로, 스위트워터 동쪽의 작은 역에서 탑승했다. 어슬렁거리며 풀먼 객차로 들어온 그는 승객 가운데 회색 플라넬 수트를 입고 파란 실크 셔츠에 다른 계통의 파란색 넥타이를 맨 젊은이를 보았다. 객차 끝에 서서 도회풍 차림의 젊은이를 잠시 지켜보던 아이비는 의기양양하게 만족스러운 표정으로 자신의 옷을 내려다보았다. 6월의 더운 날이었으나 그는 소년 시절부터 즐겨 입었던 겨울옷 두께의 기성품 양복에 검은 중절모를 쓰고 있었다. 그는 두 손을 주머니에 찔러 넣고 앞으로 나아갔다.

"여, 닐. 널 잘못 봤을 리 없다고 생각했지."

닐이 올려다보니 벌에 쏘인 듯이 빨갛고 퉁퉁 부었으며 보조개 두 개가 영구적으로 자리한 얼굴이 모욕적으로 농담하는 표정으로 그를 내려다보고 있었다.

"안녕하세요, 아이비. 당신도 한눈에 알아보겠는데요."

"일을 시작하려고 고향에 돌아왔나?"

그는 여름 방학이라서 돌아왔다고 말했다.

"오, 아직도 학교에 다니니? 하긴, 사기꾼 변호사보다는 건축가를 양성하는데 시간이 더 오래 걸리겠지. 뭐, 다 좋다 이거야. 요새 스위트워터에서는 건설이 뜸하다. 가보면 많이 변했을 거야."

"앉으시죠?" 닐이 옆 의자를 가리키며 말했다. "법조계에서 일합니까?"

"그래, 그거랑 이런저런 다른 일들. 우리 같은 사람들이야 먹고살려면 쇠를 여럿 달구어야 하거든. 부업으로 농사도 좀 짓고 있지. 포레스터 부부의 들판을 임대했거든. 습지를 배수하고 밀을 심었다. 내 동생 존이 농사를 짓고 내가 감독하고 있어. 꽤 짭짤해. 우리가 상당한 임대료를 내는데, 그 사람들에게 꼭 필요한 수입이지. 그거 없이는 아마 살기가 좀 빡빡할 거다. 그들의 거물 친구들은 별로 도움이 안 되는 모양이야. 대령이 자기 왜건에 태워서 데리고 다니던 거만한 노인네들 기억하나? 버번도 몇 짝씩 보내곤 했는데? 그 노인네들은 빈 수레처럼 요란하기만 했어. 공황

이 오면서 대부분 밀려났지. 포레스터 부부도 마찬가지로 폭삭 망했고. 우리 어렸을 적에 대령이 자기 땅에 총을 못 가지고 오게 으름장을 놓았던 거 기억하지? 내가 좀 비뚤어진 모양인지, 이제 나는 딴 데보다 그 냇가에서 사냥하는 게 그렇게 좋더라고. 노인네가 나쁜 사람이었다는 말은 아니야. 하지만 자기가 뭐라도 된다는 망상에 빠져 있었지. 이제 우리처럼 평범한 사람이 되어서 셔츠를 매일같이 갈아입지 않아도 되니까 훨씬 행복할 거다." 깜박이지 않는 아이비의 녹색 눈동자가 닐의 옷에 꽂혀 있었다.

그러나 닐은 그의 시선을 눈치채지 못했다. 그는 아이비가 자신의 얼굴에서 실망감을 보기를 기대하고 있다는 것을 알았으므로 절대 만족시켜 주지 않으리라 다짐했다. 그는 일부러 포레스터 부인을 언급하지 않고 대령의 안부를 물었다.

"절반만 살아 있다고 할 수 있지... 그래도 충분히 만족스러운 모양이야... 부인이 지극정성으로 돌보니까. 그건 인정해 줘야 해. 그녀에게 위안을 주는 게 하나 있지...예전부터 말이야. 너도 알겠지만 부인이 프랑스산 브랜디를 지나치게 좋아하잖냐... 그렇지만 남편에게 절대 소홀하지 않아. 난 부인을 탓하지 않는다. 현실적인 노동은 그녀에게 너무 힘드니까."

닐은 머릿속에서 윙윙대는 생각들 틈으로 그의 말을 흘려들었다. 아이비가 습지를 배수하기로 한 결정에는 포레스터 부인과 자신에게 품은 앙심이 농사지을 땅을 원하는 마음만큼이나 강하게 작용했다는 생각이 문득 들었다. 더구나 아이비 본인도 그 동기가 자신에게 얼마나 중요했는지 지금 이 순간에서야 깨달은 듯했다. 그와 아이비는 유년 시절부터 서로를 본능적이고 맹목적으로 싫어하면서, 천적인 곤충들처럼 서로에게 적대감을 느꼈다. 습지를 말려 버림으로써 아이비는 무엇이라고 꼭 집어 정의할 수는 없으나 자신이 증오했던 무언가의 일부를 파괴했으며, 비생산적인 초원의 한가로움과 아름다운 은빛 풍광을 사랑했던 사람들을 자신의 지배 아래 놓았다.

아이비가 흡연실로 떠나자 닐은 창밖에 흐르는 스위트워터의 풍경을 바라보며 곰곰이 반추했다. 과거에 서부를 개척한 이들은 숭고한 마음을 지닌 모험가들이자 꿈을 꾸는 사람들로, 위대하게 느껴질 정도로 비현실적이었다. 예의를 중시하고 의리에 목숨을 걸던 이들은 공격에는 강했지만 방어에는 약했고, 정복은 할 수 있되 정복한 땅을 지키지는 못했다. 그들이 일구어낸 드넓은 영토의 운명은 이제 아이비 피터스처럼 평생 아무런 도전도 하지 않았으며 아무런 위험도 감수하지 않은 이들의 손에 달려 있었다. 그들은 신기루를 꿀꺽 삼키고 아침의 싱그러움을 흩날리고, 자유를 잉태한 드높은 정신을 뿌리 뽑고, 위대한 영주들의 관대하고 여유로운 삶을 끝장낼 것이다. 성냥 제조업체들이 원시의 숲을 폭발시키듯, 이들은 개척자들의 영역과 빛깔과 귀족처럼 부주의한 태도를 산산이 조각내어 이윤으로 환산할 것이다. 미주리부터 산간지방까지, 고달픈 시대로부터 쩨쩨한 경제관념을 배운 약삭빠른 젊은 세대는 아이비 피터스가 포레스터 플레이스의 습지를 배수하며 저지른 것과 정확히 똑같은 일을 저지를 것이다.

II

　다음날 오후 닐은 대령이 장미 정원이라고 부르는, 덤불
이 무성한 작은 텃밭에서 그를 발견했다. 그가 앉아 있는 튼
튼한 히커리 재목 의자는 사계절 내내 밖에 내놓을 수 있는
것이었고, 옆에는 목발 두 개가 눕혀져 있었다. 장미 덤불
이 에워싼 자갈밭 중앙에 화강암 바위가 하나 있었는데, 대
령은 이 바위에 올린 붉은 콜로라도 사암판을 뚫어지게 응
시하고 있었다. 그는 이것이 해시계라고 닐에게 알려 주며
무척이나 자랑스러워 하는 표정으로 읽는 법을 설명했다.
지난여름에 그는 나무막대에 올린 정사각형 판자를 이곳으
로 가져와서, 종일 시계를 보며 그림자의 길이를 표시했다.
방문 중에 이것을 본 친구 사이러스 댈젤이 판자를 가져가
서, 그 위에 표시된 도표를 정확히 베껴 사암판에 새긴 후
에 해시계의 받침대로 쓰일 기둥 모양의 바위와 함께 대령
에게 선물한 것이었다.

"자연적으로 이렇게 생긴 바위를 찾으려고 댈젤 씨가 여러 날 아침 산에서 고생했을 거야." 대령이 말했다. "성경의 시대에 쓰이던 기둥이지. 신들의 정원[17]에서 가져온 거란다. 그곳에 댈젤 씨 여름 별장이 있거든."

　　대령은 다리를 벌리고 양쪽 장화의 바닥을 마주한 채로 앉아 있었다. 그의 모든 것이 무겁고 약해진 듯했다. 투실투실 살이 찌고 부드러워진 얼굴의 이목구비는 열기에 녹아내리는 밀랍처럼 서로를 향해 흘러내리는 듯했다. 햇볕에 노랗게 바랜 낡은 파나마 모자가 그의 눈에 그림자를 드리웠다. 무릎에 올려놓은 갈색 손은 손가락 사이가 벌어지고 느른해 보였다. 그의 콧수염은 예전과 마찬가지로 지푸라기 색이었다. 수염이 전혀 세지 않았다고 닐이 말하자 대령은 손바닥으로 자신의 뺨을 어루만졌다. "한동안 포레스터 부인이 면도를 해주었단다. 아주 깔끔하게 잘해주었지만 나는 그런 일을 부탁하는 게 싫었어. 요새는 안전면도기라는 걸 쓰고 있다. 천천히 시간을 들이면 혼자 할 수 있고, 일주일에 한 번 이발사가 오지. 포레스터 부인이 널 기다리고 있단다, 닐. 저기 아래 숲에 내려갔어. 해먹에서 쉬러 가는 거야."

_____
17. 콜로라도 스프링스의 관광 명소.

닐은 집을 돌아서 숲으로 들어가는 입구로 갔다. 저 멀리 숲속 빈터의 미루나무 두 그루 사이에 걸려 있는 해먹이 언덕 꼭대기에서도 보였다. 예전에 그가 나무에서 떨어져 팔을 부러뜨린 곳이었다. 가느다랗고 하얀 형체는 미동도 없었고, 서둘러 풀밭을 걸어가는 그의 눈에 그녀의 얼굴을 덮고 있는 흰 정원 모자가 보였다. 조용히 다가선 그가 그녀가 잠든 건지 궁금해하고 있는데, 기쁨에 겨운 부드러운 웃음소리가 터져 나오더니, 모자의 레이스 사이로 그를 훔쳐보고 있던 그녀가 재빨리 모자를 치웠다. 그는 한걸음 성큼 다가서서 누워 있는 그녀를 해먹까지 한 품에 끌어안았다. 그녀가 얼마나 가볍고 생생한지! 그물에 걸린 새 같았다. 그가 그녀를 구출하여 이렇게 안고 떠날 수만 있다면—피할 수 없는 슬픈 시간과 노화와 피로와 적대적인 운명이 존재하는 이 세상 너머로!

그녀는 그의 품에서 빨리 벗어나려는 기색 없이 누운 채로 웃음을 터뜨렸는데, 반짝이는 그 웃음은 우아하게 야생적이고, 신비로우면서 감질났으며, 무척이나 꾸밈없어 보이지만 사실은 가장 정교한 기술이었다! 그녀는 아직도 그를 소년으로 대하듯 그의 턱 아래 손을 받쳤다.

"얼마나 훤하게 잘 자랐는지! 판사님께서 정말 자랑스러워하시더라! 간밤에 나한테 전화하셔서 속사포로 말씀하셨어. '부인, 미리 경고를 드리는 편이 공평하겠군요. 아주 잘생긴 청년이 여기 와 있습니다.' 네가 이렇게 자랄지 내가 몰랐을까 봐! 이제 남자가 되어서 세상을 보고 왔구나! 말해 봐, 세상에서 뭘 발견했니?"

"부인만큼 멋진 건 못 발견했어요, 포레스터 부인."

"허튼소리! 사귀는 여자애들은 있니?"

"어쩌면요."

"예쁜 애들이니?"

"왜 애들이라고 하세요? 한 명이면 충분하지 않아요?"

"한 명은 너무 많은걸. 난 네가 대여섯 명은 사귀었으면 좋겠어—그러면서도 최고는 우리를 위해 남겨 놓고! 한 사람을 사귀면 네 전부를 주어야 할 거야. 그런 여자친구가 있었다면 고향에 돌아오지도 않았겠지. 우리가 널 얼마나 기다렸는지 네가 알까?" 그녀는 그의 손을 잡고 새끼손가락의 인장 반지를 무심히 돌렸다. "지난 몇 주간 매일 밤, 저기 아래 초원으로 기차 불빛이 가물거리며 지나가면 난 스스로에게 이렇게 말하곤 했어. '닐이 돌아오고 있어. 이제 그걸 기대할 수 있어.'" 그녀는 자신이 말을 너무 많이 했다고 느낄 때마다 그랬듯이 돌연 입을 다물더니 장난스러운 말투로 끝맺었다. "알겠니, 넌 우리에게 아주 중요한 사람이야. 포레스터 씨를 보고 왔어?"

"아, 네! 해시계를 보여 주셨어요."

그녀는 팔꿈치를 짚고 몸을 일으키더니 목소리를 낮추었다. "닐, 이해할 수 있니? 어떤 사람들은 포레스터 씨가 노망이 났다고 하지만 그건 사실이 아니야. 그런데 거기 앉아서 몇 시간이고 그걸 들여다보신단다. 시간이 삼켜지는 광경을 보고 싶어 하는 사람이 어디 있을까? 우리 모두 시곗바늘이 돌아가는 모습에는 익숙하지만 대체 왜 대령님은 그림자가 돌 위로 슬금슬금 뻗어 나가는 걸 보고 싶어 하실까? 대령님이 많이 변하신 것 같니? 아니야? 그렇다면 다행이야. 자, 이제 애덤스가 사람들은 어떻게 지내고 조지는 어떻게 자랐는지 말해 줘."

닐은 땅에 앉아 나무 둥치에 등을 기대고 그녀가 빠르게 쏟아 내는 질문에 답하며 그녀를 관찰했다. 물론 그녀는 나이가 들었다. 눈부신 한낮의 햇살 아래에서 본 그녀의 피부는 더 이상 흰 라일락 꽃잎 같지 않았으며 색이 바래기 시작한 치자나무꽃의 상앗빛에 가까웠다. 그녀의 검푸른 얹은머리는 그 언제보다도 그녀의 머리가 지탱하기에 너무 무거워 보였다. 그녀의 입꼬리를 당기는 듯한 주름도 처음

보는 것이었다. 그러나 실로 놀라운 일은, 그녀의 존재감이 빛나는 순간 이 모든 변화가 순식간에 사라지며 완전히 자취를 감추었고, 그녀라는 사람을 제외한 모든 것이 잊혔다.

"말해 봐, 닐. 요즘은 여자들도 저녁 식사 후에 남자들과 담배를 피운다는 게 정말이니? 그러니까, 점잖은 여자들도? 난 마음에 안 들어. 여배우들이 그러는 건 괜찮지만, 남자들이 하는 걸 전부 하는 여자는 매력적일 수 없어."

"요즘에는 여자들이 자기가 원하는 것을 최우선으로 여기는 게 유행인 듯해요."

포레스터 부인은 그가 충격적인 말을 하기라도 한 것처럼 그를 힐끔 보았다. "아, 바로 그거야! 그 두 가지는 어울리지 않아. 여자들이 운동경기를 하고 대학에 가고 저녁을 먹고 나서 담배를 피우고—넌 그걸 좋아하니? 남자들은 여자들이 자기들과 다르길 바라지 않을까? 옛날에는 그랬어."

닐은 웃음을 터뜨렸다. 그랬다. 포레스터 부인 세대 사람들은 확실히 그렇게 생각했다.

"부인께서 예전만큼 자주 찾아오시지 않는다고 삼촌이 서운해하시던데요. 그리우시대요."

"얘, 난 벌써 육 주나 타운에 나가지 않았어. 늘 너무 피곤한걸. 이제 우리는 말이 없어서 타운에 가려면 걸어가야

해. 게다가 저 집! 내가 직접 하지 않으면 아무것도 처리되지 않고, 내가 움직이지 않으면 아무것도 움직이지 않아. 그래서 오후에는 여기에 내려오는 거야. 집이 안 보이는 곳에 있고 싶어서. 나는 집을 제대로 관리할 수 없어. 그럴 체력이 없단다. 아, 물론 벤이 도와주지. 바닥을 쓸고 양탄자를 털고 창문도 닦아 줘. 하지만 그것만으로는 충분하지 않아." 포레스터 부인은 갑작스럽게 몸을 일으켜 앉더니 흰 모자를 썼다. "닐, 우리는 저 호두나무 가구를 구하려고 시카고까지 갔었어. 근방에서는 성에 찰 만큼 크고 묵직한 가구를 찾을 수 없었거든. 언젠가 내가 그것들을 직접 밀어야 할 줄 알았더라면 그렇게 까다롭게 굴지 않았을 텐데!" 그녀는 해먹에서 벌떡 일어나 구겨진 치마를 털었다.

집을 향해 출발한 그들은 나무 사이로 구불구불 이어지는 긴 오솔길을 천천히 올라갔다.

"습지가 그립지 않으세요?" 닐이 불쑥 물었다.

그녀는 시선을 피했다. "별로 그렇진 않아. 이제 거기 갈 시간도 없을뿐더러 지금 받는 임대료가 필요하거든. 너도 놀 시간이 없어, 닐. 어서 성공해야지. 네 삼촌도 많이 어려워지셨어. 여태 너무 부주의하셔서 우리보다 상황이 낫지도 않아. 돈은 무척 중요하단다. 처음부터 그걸 명심해야

해. 그걸 인정하고, 우리 중 여러 사람이 그랬듯 끝에 가서 우스꽝스러운 꼴이 되지 말렴." 언덕 꼭대기의 입구에 다다른 그들은 뒤돌아서서 푸른 오솔길과 첨예한 그림자, 파르르 떨며 나무들을 점점 더 멀리 밀어내는 것처럼 보이는 부채꼴 모양의 빛줄기, 그 아래에서 엘리시온 들판[18]처럼 보이는 초원을 바라보았다. 포레스터 부인이 반지가 주렁주렁한 흰 손을 닐의 팔에 얹었다.

"넌 정말 우리에게 돌아오는 게 즐겁니? 참 특이한 것 같아. 네 나이였을 때 나는 젊고 활기찬 사람들과 함께 있고 싶었어. 물론 우리야 네가 오면 기쁘지만." 그를 보는 그녀의 얼굴에 희귀한 미소가 떠올랐다. 그가 드물게밖에 보지 못했으나 늘 기억하고 있는 그 미소에는 평소의 장난기와 쾌활함 대신 애정이 가득했으며 안타까운 서글픔이 묻어 있었다. 조용히 이야기하는 그녀의 목소리에서도 똑같은 것이 느껴졌다—감정이 깊어지며 갑자기 찾아오는 고요함. 그녀가 휙 돌아섰다. 그들은 입구를 지나 집을 돌아서, 황홀한 노을빛에 젖은 장미꽃을 감상하고 있는 대령에게 갔다. 그의 아내가 어깨에 손을 올렸다.

"이제 들어갈래요, 여보? 아니면 코트를 가져다드릴까

---

18. 영웅과 덕인, 축복받은 사람들이 사후에 간다는 극락의 세계.

요?"

"들어갑시다. 닐은 저녁을 안 먹고 간대요?"

"오늘은 그냥 간대요. 금세 또 올 거니까 그때 제대로 차려 주기로 해요. 포레스터 씨를 모시고 들어올래, 닐? 난 어서 가서 불을 지펴야겠어."

닐은 굼뜨게 정문으로 걸어가는 대령의 뒤를 따랐다. 그는 목발 두 개에 체중을 싣고 천천히 발을 들어 올렸다가 조심스럽게 힘을 주어 내려놓았다. 마치 고목이 걷는 것처럼 보였다.

계단을 올라 응접실로 들어간 대령은 자신의 큼직한 의자에 털썩 주저앉아 가쁜 숨을 헐떡였다. 신선한 시가의 첫 모금이 그를 소생시킨 듯했다. "닐, 네가 돌아가는 길에 우체국을 지나치니까, 편지를 좀 부쳐달라고 부탁해도 되겠니?" 그는 여름용 웃옷의 주머니에서 편지를 꺼냈다. "포레스터 부인이 부칠 편지가 있는지 확인하고 오마." 대령은 몸을 일으켜 작은 현관으로 들어갔다. 정문 옆의 모자걸이 아래 탁자에는 헐벗다시피 한 아랍 혹은 이집트 노예 소녀의 조각상이 놓여 있었고, 그 소녀의 손에는 캘리포니아 해변에서 주운 커다랗고 넓적한 조개껍데기가 올려져 있었다. 닐은 이 집에 처음 들어온 날 조각상이 눈에 띄었던 것이 기억났다. 팔에 부목을 대고 데니슨 선생에게 업혀 이 복도를 지나가는 길이었다. 포레스터 부부가 하인들을 두었으며 하루에도 몇 번씩 그들을 타운으로 심부름 보내던 시절에, 발송되어야 하는 편지는 언제나 조개껍데기에 올려져 있었다. 지금 거기서 편지를 한 통 발견한 포레스터 대령은 닐에게 건네주었다. 수신인은 콜로라도주 글렌우드 스프링스의 프랜시스 보즈워스 엘린저 씨였다.

왠지 민망해진 닐이 편지를 재빨리 주머니에 넣으려고 했으나 한 손으로 목발 두 개를 잡은 대령이 그를 막았다. 그는 하늘색 봉투를 다시 집고 팔을 쭉 뻗어 자세히 살펴보았다.

"포레스터 부인은 글씨를 아름답게 쓴다. 알고 있었니? 언제나 그랬어. 상점에서 사야 할 물건들의 목록을 적어 주면 그걸 숨길 필요가 없었지. 마치 동판에 인쇄한 서체 같아. 여자에게는 아주 드문 재주란다, 닐."

닐은 그녀의 필체를 잘 기억했다. 그녀의 글씨체와 조금이라도 비슷한 것도 본 적 없었다. 길고 가느다랗고 각진 그녀의 글씨체는 묘하게 섬세하면서도 묘하게 담대했고, 머리카락처럼 가늘지만 완벽하게 또렷한 선으로 이어지고 매듭지어져 있었다. 그녀의 육필은 완벽하게 자신감 넘치는 능숙한 손이 거침없이 써 내려간 것처럼 보였다.

"아, 물론입니다, 대령님! 포레스터 부인의 편지를 가져가면서 글씨체를 눈여겨보지 않은 적이 없어요. 한 번 본 사람은 절대 잊지 못할 거예요."

"그래, 정말 걸출하지." 대령은 그에게 봉투를 건네주고, 목발을 짚고 느릿느릿 안락의자로 돌아갔다.

때때로 닐은 대령이 과연 얼마만큼 아는지 궁금했었다. 이날, 언덕을 내려가는 그는 대령이 전부 알고 있다는, 메리언 포레스터에 대한 모든 것을 그 누구보다 잘 알고 있다는 확신이 들었다.

III

그해 여름 닐은 포레스터 플레이스의 숲에서 책을 잔뜩 읽을 계획이었으나 뜻했던 만큼 자주 가지 않았다. 그곳에서 자꾸 얼쩡거리는 아이비 피터스가 거슬렸기 때문이었다. 아이비는 저지대에 새로 경작한 밀밭에 매우 자주 왔다. 언제나 그는 옛날 그 길, 한때 습지였던 곳에서 시작해서 가파른 냇가와 숲으로 이어지는 길을 택했다. 무릎까지 오는 부츠에 바지를 쑤셔 넣고 주인 같은 자세로 나무 사이를 어슬렁어슬렁 걸어오는 그를 언제 마주칠지 몰랐다. 그는 저택 뒤쪽의 입구를 꽝 닫고 휘파람을 불며 뒤뜰을 지나쳤다. 종종 그는 부엌문 앞에 멈춰서 포레스터 부인에게 인사를 외쳤다. 닐은 이것이 몹시도 불쾌했다. 오전에 포레스터 부인은 집안일을 하느라고 아랫사람을 맞이할 복장을 갖춰 입고 있지 않았기 때문이었다. 편한 옷차림으로 콜로라도&유타 컴퍼니의 회장을 반기는 것과 슬리퍼를 신고 가운의 소매를 걷어붙인 채로 아이비처럼 상스러운 사람과 이야기하며 그의 냉랭하고 뻔뻔한 눈에 그녀의 목을 훤히 드러내는 것은 전혀 다른 일이었다.

이따금 아이비는 대령이 햇볕을 쐬고 있는 장미 정원을 가로질러 갔는데, 그가 보이지도 않는 것처럼 눈길 한 번 주지 않았다. 그가 대령에게 말을 걸기라도 할 때는 아무것도 이해하지 못하는 백치에게 말하는 어투였다. "여, 대령님, 피부가 햇볕에 상할까 봐 걱정되지 않아요?" 혹은 "어이, 대령님, 기도 모임에 가서 비 좀 내려주십사 기도하자고 해 봐요. 이놈의 가뭄 때문에 내 밀이 다 말라 죽게 생겼어요."

어느 날 아침 닐이 숲을 올라오는데 입구에서 웃음소리가 들리더니, 총을 둘러메고 포레스터 부인과 이야기하고 있는 아이비가 보였다. 그녀는 맨머릿바람이었으며 치맛자락이 바람에 펄럭였고, 울타리에 얹어 놓은 커다란 양철 양동이의 손잡이에 팔을 꿰고 있었다. 아이비는 모자를 쓴 채로 서 있었으나, 남자가 여자의 환심을 사려고 애쓸 때 뻔히 느껴지는 분위기를 풍기고 있었다. 그가 그녀에게 우스운 이야기를 해주고 있는 모양이었는데, 부적절한 내용이 있었는지 그녀의 가장 짓궂은 웃음을 자아냈으며, 어딘가 불안스럽고 들뜬 것으로 보아 정도가 지나친 듯했다. 이야기를 마무리하며 아이비 자신도 특유의 머슴 같은 폭소를 터뜨렸다. 포레스터 부인은 그를 향해 탈수 손잡이를 흔들더니 양동이를 고쳐 메고 집으로 뛰어 들어갔다. 양동이의 무게에 그녀가 조금 비틀거렸지만 아이비는 도와주려는 몸짓조차 하지 않았다. 그녀가 으레 그런 일을 하는 부엌데기라도 되는 양 그는 그녀가 휘청거리며 가게 내버려 두었다.

닐은 숲에서 빠져나와 대령이 앉아 있는 정원에서 멈췄다. "좋은 아침입니다, 포레스터 대령님. 좀 전에 아이비 피터스가 여기를 지나갔나요? 그 자식은 돼지보다도 예의가 없어요!" 그가 분통을 터뜨렸다.

대령은 포레스터 부인의 빈 의자를 가리켰다. "앉으렴, 닐. 앉아라." 그는 주머니에서 손수건을 꺼내 안경을 닦기 시작했다. "그래," 그가 나지막하게 말했다. "아주 예의 바른 사람은 아니지."

조심스럽게 동의하는 모습에서 대령이 아이비의 무례한 행동에 얼마나 상처를 받고 모욕감을 느꼈는지 고스란히 느껴졌다. 그가 화를 내며 격렬히 비난했더라도 이보다 더 통렬히 느껴지지는 않았으리라. 그의 목소리에는 아주 처량하고 무력한 느낌이 배어 있었다. 지금까지 그는 자신과 대등한 사람들로부터는 당연히 존경을 받아 왔으며, 아이

비 같은 이들에게는 존경을 표하도록 명령하고—그의 사유
지에서 쫓아내거나 해고할 수 있었다.

닐은 자리에 앉아 그와 함께 시가를 피웠다. 그들은 벌링
턴 철도 회사의 블랙힐스 지점 건물에 대해 한참 동안 이야
기했다. 지난겨울 닐은 보스턴에서 늙은 탄광 주인을 알게
되었는데, 그는 철도가 처음 깔리기 시작했을 무렵에 데드
우드에 살던 사람이었다. 닐이 그에게 대니얼 포레스터를
알았느냐고 묻자 노신사는 이렇게 되물었다. "포레스터? 부
인이 굉장한 미인 아닌가?"

"부인에게 꼭 말해 주렴." 대령이 해시계의 따스한 표면
을 쓰다듬으며 말했다. "그래, 과연 사실이야. 포레스터 부
인에게 꼭 말해 주거라."

7월 첫째 주 달빛이 휘황찬란했던 어느 밤, 닐은 책을 읽
기는커녕 집 안에 가만히 있기도 힘들었다. 그는 텅 빈 가
로를 배회하다가 첫 번째 시내를 다리로 건넜다. 한창 무르
익은 넓은 들판과 대지가 곤히 잠든 정원처럼 보였다. 혹시
나 세상의 단잠을 깨울세라, 먼지투성이 길을 걷는 발걸음
조차 조심스러웠다.

포레스터 오솔길에는 전동싸리 향이 자욱했다. 닐이 기

억하기로는 이 길에서는 전동싸리가 언제나 높다랗고 푸르게 자랐다. 대령은 가을에 제초하는 하는 시기가 오기 전에는 절대 풀을 베지 않았다. 양버들의 깃털 같은 그림자가 오솔길과 아이비 피터스의 밀밭 위에서 나풀거렸다. 계속해서 걷던 닐은 두 번째 시내의 다리 위에서 형형한 달빛을 받으며 우두커니 서 있는 하얀 형체를 발견했다. 그는 걸음을 서둘렀다. 포레스터 부인이 조약돌 위로 반짝이는 시냇물을 내려다보고 있었다. 그가 옆에 다가섰다.

"대령님은 주무세요?"

"아, 응! 한참 전에 잠드셨어. 다행히 잠은 잘 주무셔! 대령님만 재우고 나면 난 걱정할 게 아무것도 없단다."

그들이 거기 서서 소곤소곤 이야기를 나누고 있는데 언덕에서 문이 꽝 닫히는 소리가 들렸다. 포레스터 부인이 화들짝 놀라며 뒤돌아봤다. 저택의 그림자에서 한 남자가 나타나더니 차도를 따라 성큼성큼 걸어왔다. 아이비 피터스가 다리로 올라왔다.

"좋은 저녁입니다." 그가 부인의 이름을 부르거나 모자를 벗지도 않고 말했다. "누구랑 같이 있는지 몰랐네요. 난 저기 낡은 헛간을 보고 오는 길입니다. 칸막이들이 말을 매어 놓을 만한 상태인지 확인하려고요. 내일 아침에 밀을 수

141

확하기 시작할 거니까 정오에 말들을 여기 마구간에 들여 놓을 거예요. 타운으로 다시 데려가면 시간 낭비니까요.”

“음, 물론이야. 말들을 우리 헛간에 들여놓아도 괜찮아. 포레스터 씨도 반대하지 않을 거야.” 그가 허락을 구하기라 도 한 것처럼 그녀가 답했다.

“오!” 아이비는 어깨를 으쓱했다. “일꾼들이 새벽 6시에 작업을 시작할 겁니다. 나는 10시 전에는 오기 힘들고, 또 3시에는 사무실에서 고객이랑 미팅이 있어요. 내가 시간을 아낄 수 있게 부인이 점심을 차려 주면 어떨까요.”

건방진 그의 말에 그녀가 미소를 지었다. “좋아. 그럼 점 심 식사에 초대할게. 우리는 1시에 식사해.”

“고마워요. 도움이 되겠어요.” 그는 이제야 생각이 난 것 처럼 모자를 추어올리더니, 손에 든 모자를 건들거리면서 오솔길을 내려갔다.

닐은 그의 뒷모습을 눈으로 좇으며 서 있었다. “포레스 터 부인, 저따위로 말하는 걸 왜 내버려 두는 거죠? 허락하 신다면, 제가 두들겨 패서 부인에게 말하는 법을 가르칠게 요.”

“안돼, 닐, 안돼! 기억해. 우리는 아이비 피터스랑 잘 지 내야 해. 어쩔 수 없어!” 그녀의 목소리에서 초조함이 새어

나왔으며, 그녀는 그의 팔을 붙잡았다.

"저 자식에게 아무것도 안 받아도 돼요. 무례를 참지 않아도 되고요. 다른 임차인을 들여도 똑같은 임대료를 낼 거예요."

"하지만 5년 계약을 해버렸는걸. 자칫하면 우리를 아주 힘들게 할 수 있단다. 모르겠니? 게다가," 그녀가 황급히 덧붙였다. "고려할 게 하나 더 있어. 아이비가 와이오밍에 있는 땅에 내 돈을 조금 투자해 줬어. 어떻게 해서인지는 모르지만 저 애는 인디언들한테 훌륭한 땅을 헐값에 산단다. 네 삼촌에게는 말하지 마. 당연히 부정한 방법을 쓰겠지. 하지만 판사님은 포레스터 씨와 마찬가지야. 그분이 일하는 방식은 요즘 세상에서 통하지 않아. 참 좋으신 분이지만 우리를 빚더미에서 절대 구할 수 없을 거야! 자기 앞가림도 힘들어하시는걸. 너도 알다시피 아이비 피터스는 아주 영리해. 벌써 타운의 땅을 절반은 샀어."

"그 정도는 아니에요." 닐이 침울하게 답했다. "땅을 많이 산 건 사실이에요. 궁한 사람들의 절박한 사정을 이용해서요. 완전히 비양심적인 자식이라는 건 아시죠? 왜 댈젤 씨나 다른 친구분들에게 투자를 부탁하지 않았어요?"

"오, 너무 적은 액수야! 내가 직접 집안일을 해서 모은 몇

143

백 달러밖에 되지 않아. 그분들이었다면 6퍼센트 이자를 주는 안전한 곳에 투자하셨겠지. 네가 아이비를 싫어하는 건 알아―그건 아이비도 알아! 네가 있으면 최고로 못된 모습을 보이더라. 아주 끔찍한 사람은 아니야―예를 들어, 자기 얼굴만큼 끔찍하진 않아!" 그녀가 불안한 웃음을 터뜨렸다. "아이비는 진심으로 우리를 도와주고 싶어 해. 여기를 매일같이 왔다 갔다 하면서 전부 보고 있어. 그리고 내가 이렇게 힘들게 일하는 걸 정말 안타까워하는 것 같아."

"다음번에 투자할 돈이 생기면 제가 댈젤 씨에게 가져가서 상황을 설명할 수 있게 해주세요. 아이비 피터스만큼 벌어 드린다고 약속할게요."

포레스터 부인은 그의 팔을 잡아 오솔길 쪽으로 이끌었다. "하지만 귀여운 닐, 너는 이런 거래에 대해 아무것도 모르잖니. 넌 그쪽으로는 영리하지 않아―그게 내가 너를 사랑하는 이유 중 하나이고. 나는 인디언들에게 사기를 치는 사람을 높게 평가하지 않아. 절대 그렇지 않아!" 그녀는 격렬히 고개를 내저었다.

"포레스터 부인, 사업에서 성공하는 요인이 사기꾼 근성만은 아니에요."

"다른 그 무엇보다 빨리 성공하긴 하잖니." 그녀가 멍하니 중얼거렸다. 그들은 오솔길 끝까지 걸어갔다가 뒤돌아 섰다. 그의 팔을 잡은 포레스터 부인의 손에 힘이 들어갔다. 갑작스레 그녀가 말하기 시작했다. "알겠니? 앞으로 2년, 3년 이렇게 지내도 난 여전히 캘리포니아로 돌아가서—다시 살 수 있어. 하지만 그보다 더 오래 걸리면... 어쩌면 사람들은 내가 곱게 늙어 갈 준비가 되었다고 생각하는지도 몰라. 하지만 난 그렇지 않아. 살려는 힘이 내 안에서 너무나도 강하게 느껴진단다, 닐." 그녀의 가느다란 손가락이 그의 손목을 붙들었다. "억눌리면서 더욱 강해졌어. 지난겨울에 댈젤 부부의 초대를 받아서 글렌우드 스프링스에서 삼 주간 지냈어. (그건 아이비 피터스 덕분이야. 내가 가 있는 동안 여기를 관리해 주고 그 애 여동생이 포레스터 씨를 위해 집안일을 해줬으니까.) 난 스스로에게 놀랐단다. 밤새도록 춤을 춰도 피곤하지 않았거든. 온종일 승마를 하고 난 다음에도 저녁에는 파티에 갈 준비가 되었어. 물론 적당한 옷이 없었지. 댈젤 부인 양재사가 수선해 준, 새틴이랑 벨벳이 치렁치렁한 구식 야회복밖에 없었어. 그래도 난 충분히 예뻤어! 맞아, 정말이야. 난 내가 어떻게 보이는지 늘 잘 아는데, 그때 난 충분히 예뻤어. 남자들도 그렇게 생각했어. 난 거기 있던 어떤 여자보다도 행복해 보였어. 대부분 나보다

145

어렸는데도 말이야. 훨씬 어렸지. 하지만 다들 따분하고 지루해 죽겠다는 표정이었어. 샴페인 한두 잔을 마시고 난 다음에는 이야깃거리가 떨어져서 자러 가는 거야. 항상 난 첫 잔을 마신 다음에 더 예뻐 보여. 뺨이 조금 발그스레해지거든. 내 얼굴에 혈색을 입히는 건 그것밖에 없어. 내가 댈젤 부부의 초대를 받아들인 데는 이유가 있었어. 내 속에 지킬 만한 가치가 있는 것이 아직 남아 있는지 확인하고 싶었거든. 말하건대, 남아 있었어! 넌 믿기 힘들 거야. 나도 믿기 힘들었는걸. 하지만 아직도 남아 있었어!"

이쯤에 그들은 달빛 아래 하얀 맨바닥처럼 보이는 나무 다리에 도착했다. 그러는 동안에도 포레스터 부인은 계속해서 걸음을 서두르고 있었다. "내가 그걸 위해 애쓰는 거야. 그것 때문에 이 구덩이에서 벗어나려는 거라고." 그녀는 깊은 우물에 빠진 사람처럼 주위를 두리번댔다. "벗어날 거야! 몇 달 동안이나 여기에 혼자 있으면서 난 계획하고 작전을 세워. 만일 그것마저 없었다면—"

사무실 뒤편에 있는 자기 방으로 돌아가는 닐은 그녀 생각에 두려워졌다. 자기가 아직도 젊게 느낀다는 등 이야기를 여자들이 할 때는 그들 안에서 무언가 부서졌다는 뜻이 아니었나? 그녀는 2년이나 3년이라고 했다. 그는 몸을 부르르 떨었다. 바로 어제만 해도 데니슨 선생이 포레스터 대령이 앞으로 십수 년은 살 수 있다고 자랑스럽게 말했다. "우리가 대령님 건강을 전반적으로 대단히 잘 지켜 드리고 있어. 그리고 원래 무쇠 같은 분이시잖니."

그녀에게 어떤 희망이 있을까? 오솔길에서 점점 다급히 재촉하던 그녀의 손길이 여전히 팔에서 느껴졌다.

IV

수 주간 건조하고 지독하게 뜨거운 날씨가 이어지더니, 7월 말에는 스위트워터의 골짜기 위로 폭풍우가 몰려오며 비바람이 몰아쳤다. 거센 물살이 강둑을 무너뜨리고 모든 시내가 범람했으며, 아이비 피터스의 밀밭은 그루터기까지 물에 잠겼다. 급류가 세차게 흐르는 두 시내와 넓은 호수가 포레스터 플레이스를 타운으로부터 갈라놓았다. 벤 키저가 매일같이 시내를 건너가 일을 거들고 편지를 배달했다. 어느 날 우비를 입고 가죽 우편 가방을 둘러맨 벤이 우체국에서 나와 말에 오르려고 하는데 닐 허버트가 그를 멈춰 세우더니 덴버 신문을 가지고 있느냐고 물었다.

"아, 그럼. 나는 언제나 덴버 신문이 나올 때까지 기다린단다. 포레스터 부인께서 저녁에 신문 읽기를 좋아하시거든. 거기서 많이 쓸쓸하신 모양이야." 그는 안장에 올라타더니 빗물을 튀기며 떠났다. 닐은 저녁을 먹기 위해 천천히 호텔로 갔다. 덴버 신문에서 그는 께름칙한 기사를 보았다. 사교계 소식란에 프랭크 엘린저의 사진이 실려 있었는데, 콘스턴스 오그던의 사진과 함께였다. 그들은 어제 콜로라도 스프링스에서 결혼식을 올리고 앤틀러스 호텔에 묵고 있었다.

저녁 식사를 마친 닐은 우비를 입고 포레스터 저택을 향해 길을 나섰다. 첫 번째 시내에 다다르자, 반대편 둔치에서 떨어져 나간 나무다리가 물 위에 비뚜름히 서서, 계속해서 후려치는 누런 물살에 언제라도 떠내려갈 것처럼 출렁이고 있었다. 말을 타지 않고는 여울을 건너기 불가했다. 그는 망설이며 물에 잠긴 저지대를 바라보았다. 집은 어둠에 묻혀 있었으며 응접실 창문에서 불빛도 보이지 않았다. 비가 다시 내리기 시작했다. 어쩌면 오늘 밤에는 그녀가 혼자 있고 싶을지도 몰랐다. 내일 가서 들여다보리라.

그는 사무실로 돌아와서 어수선한 환경에 개의치 않고 편히 쉬려고 노력했다. 끊임없이 내리는 비에 굴뚝 하나가 새면서, 숯가루가 섞인 검은 물이 쏟아지고 스토브와 더불어 한때 근사했던 판사의 브뤼셀 양탄자가 흥건히 젖었다. 오후 내내 양철공이 연도에 생긴 문제의 원인을 찾으려고 애쓰며 스토브 도관에 새 철판 서랍을 끼웠다. 그러나 6시가 되자 그는 여기저기에 널브러져 있는 철판과 연장을 두고 가버렸다. 방은 축축하고 싸늘했다. 불을 지필 수 없었던 닐은 두꺼운 스웨터를 껴입고 커다란 석유 램프에 불을 붙이고 책과 함께 앉았다. 그가 마침내 시계로 시선을 돌렸을 때는 거의 자정이었고, 그는 세 시간째 책을 읽고 있었다. 그는 담배를 한 대 더 피우고 잠자리에 들기로 했다. 그가 담배에 불을 붙이기가 무섭게 바깥 복도에서 빠르고 다급한 발소리가 메아리쳤다. 그는 즉각 문으로 달려나가 포레스터 부인이 두드리기 전에 문을 열었다. 그는 그녀의 팔을 잡아 안으로 끌어당겼다.

검은 고무 모자를 쓰고 체격에 비해 지나치게 큰 코트를 입은 그녀는 흠뻑 젖은 흰 얼굴밖에 보이지 않았다. 코트에서는 빗물이 줄줄 흘렀고, 코트 아래 그녀는 허리까지 젖었으며 진흙투성이가 된 드레스가 몸에 엉겨 붙어 있었다.

"포레스터 부인," 그가 외쳤다. "설마 시내를 걸어서 건너셨어요? 여울에서도 물이 말 몸통까지 올라올 정도로 차 있었는데요."

"다리로 건넜어. 아직 멀쩡한 부분으로. 좀 흔들렸지만 난 안 무거우니까." 그녀는 모자를 벗고 두 손으로 얼굴을 닦았다.

"왜 벤한테 부탁해서 말을 타고 오지 않았어요? 자, 이것 좀 마셔요."

그녀는 그의 손을 밀쳤다. "기다려. 나중에 마실게. 벤? 벤이 떠날 때까지 생각나지 않았어. 전화를 해줘. 장거리 전화. 콜로라도 스프링스로 연결해 줘. 앤틀러스 호텔로! 어서!"

그제야 닐은 그녀에게서 풍기는 독한 술 냄새를 맡았다. 고무와 진흙과 젖은 옷 냄새 위로 술 냄새가 싸하게 올라왔다. 그녀가 책상 위에 놓인 전화기를 거머쥐었으나 그가 부드럽게 다시 뺏었다.

"제가 걸어 드릴게요. 하지만 지금 부인은 통화할 수 있는 상태가 아니에요. 숨도 제대로 못 쉬고 있잖아요. 정말 오늘 밤에 통화하고 싶어요? 비즐리 부인이 전부 엿들을 걸 알잖아요." 스위트워터 교환국에서 일하는 비즐리 부인은 사람들이 전화로 주고받는 대화를 지치지도 않고 죄다 소문냈다.

삼촌의 사무용 의자에 앉은 포레스터 부인은 고무장화 발끝으로 양탄자를 두드렸다. "부탁이니까 서둘러." 그녀는 심지어 아이비 피터스도 두려워했던 정중한 경고 투로 말했다. 닐은 꾸벅꾸벅 졸고 있는 교환국을 깨워 전화를 넣었다. "수신인이 누구인지 물어보네요."

"프랭크 엘린저입니다. 포머로이 판사님 사무실에서 걸었다고 전해 주세요."

닐은 수화기 반대편에 있는 비즐리 부인을 달래기 시작했다. "아니, 호텔 직원이 아니라 숙박객이에요, 비즐리 부인. 프랭크 엘린저요." 그가 이름의 철자를 불렀다. "네, 포머로이 판사님 사무실에서 통화를 원한다고 전해 주세요. 기다리겠습니다. 최대한 빨리 부탁드려요."

그는 수화기를 내려놓았다. "저라면 비즐리 부인을 통해 통화하느니 차라리 지역 신문에 발표하겠어요." 포레스터 부인은 그의 말을 무시하고 눈길도 주지 않은 채 벽을 뚫어지게 바라봤다. "오늘 밤에 장거리 전화가 꼭 필요하셨으면 왜 저한테 전화해서 말을 가지고 데리러 오라고 하지 않으셨어요."

"맞아. 거기까지 생각이 나지 않았어. 여기로 와야 하는 것만 알았는데, 뭔가가 나를 막을까 봐 두려웠어." 그녀는 전화기가 살아 움직이는 생물이라도 되는 양 주시하고 있었다. 그녀의 동공이 두 개의 단단한 점으로 수축되었다. 날카로운 예각으로 모인 눈썹을 잇는 주름이 계속해서 꿈틀거렸는데, 취기나 피로에 쓰러지기 일보 직전이지만 단 하나의 목적을 위한 의지의 힘으로 버티고 있는 사람 고유의 표정이었다. 파란 입술과 눈 밑의 거무스름한 그림자 때문에 그녀의 몸에 독이 퍼지고 있기라도 한 것처럼 보였다.

그들은 기다리고 기다렸다. 닐은 자신이 잠자코 있기를 그녀가 바란다는 것을 알았다. 그녀의 정신은 무언가와 씨름하고 있었는데, 속눈썹이 깜박이는 매 순간 그녀는 그것을 새롭게 마주하는 듯했다. 잠시 후 그녀는 긴장감을 더는 못 배겨 내겠다는 듯이 벌떡 일어나 창가로 가서 기댔다.

"대령님을 혼자 두고 나왔어요?" 닐이 갑자기 물었다.

"그래. 아무 일도 없을 거야. 거기서는 아무 일도 일어나지 않아!" 그녀는 두 손을 비틀며 격렬히 말했다.

전화가 울렸다. 포레스터 부인이 책상으로 달려갔으나 닐은 왼손으로 수화기를 들고 오른손으로 그녀를 막았다. "침착하려고 노력해요, 포레스터 부인. 엘린저랑 연결되면 바꿔 줄게요—명심해요, 부인이 여기서 하는 이야기를 교환국에서 전부 들을 거예요."

콜로라도 교환국과 잠시 이야기를 나눈 그는 의자를 가리켰다. "저기 앉아 계시면 수화기를 건네줄게요. 엘린저가 받았어요."

그는 통화를 듣고 있기 불편했으나 그녀를 혼자 둘 엄두가 나지 않았다. 그는 창가로 걸어가 그녀가 앉아 있는 책상을 등지고 섰다.

"프랭크, 당신이에요? 메리언이에요. 통화를 오래 끌지 않을게요. 자고 있었어요? 이렇게 이른 시간에? 당신답지 않네요. 벌써 철이 들었군요? 결혼하면 그렇게 된다고들 하잖아요. 아뇨, 아주 놀라지는 않았어요. 그래도 내게 미리 귀띔해 줄 수는 있었잖아요. 우리가 그 정도 사이는 되지 않아요?"

그리고 한참 동안 그녀는 듣고 있었다. 닐은 멍청하게 창밖의 어둠을 응시했다. 그는 그녀가 불같이 화를 내리라 예상하며 각오했었다. 그러나 뒤에서 들려오는 소리는 그녀의 가장 매력적인 목소리였다. 장난스러우면서 다정하고 친근한 그 목소리는 다소 의례적인 말도 따뜻하게 감싸고 진부한 표현조차 오팔처럼 다채롭게 빛나게 하는 유쾌한 열정으로 듣는이의 가슴을 설레게 했다. 그녀가 계속해서 재잘거리는 동안 그는 숨을 죽이고 기다렸다.

"신혼여행을 어디로 가요? 오, 미안해요! 어떻게 벌써... 당신이 잘 돌봐 줘요. 내 인사를 전해 줘요... 캘리포니아가 좋을 것 같아요. 이런 계절에 적당하죠..."

몇 분간 이런 대화가 이어졌다. 그녀의 목소리를 듣고 있

154

자면, 비바람 치는 날에 포근한 응접실에 편히 앉아서 멀리 사는 절친한 친구와 수다를 떨고 있는 젊고 아름답고 행복한 여자가 떠올랐다.

"오, 아주 잘 지내요. 당신이 와서 직접 봐요. 내주에 오마하로 출장을 가잖아요. 캘리포니아로 가기 전에요. 맞아요, 갈 거예요! 기차를 갈아타면서 들려요. 당신은 언제나 환영이라는 걸 알잖아요."

긴 침묵이 이어졌다. 포레스터 부인이 내지른 외마디에 닐은 재빨리 뒤돌아섰다. 바야흐로 일이 터지려고 했다! 단어마다 그녀의 목소리가 점점 험악해졌다. "이해하는 것 같아요. 당신 방이 아니라고? 네? 호텔 사무실이라고요? 아, 그럼 정말 잘 이해하죠!" 닐은 초조히 두리번거렸다. 그녀를 막아야 했다. 하지만 어떻게? 그녀가 말을 이었다.

"신중해야 한다고! 당신이 언제는 신중하지 않았나? 그거 알아, 프랭크? 사실은 말이지, 당신은 겁쟁이야! 덩치만 큰 겁쟁이라고! 내 말 들었어? 잘 들어! 드디어 안전한 걸 하나 물었구나! 안전하고 밀가루 반죽 같은 걸! 그래서 주식은 얼마나 받았니? 엄청 받았기를 바라! 내가 이제 솔직히 말해 줄게. 다시는 여기에 얼씬대지 마! 내가 살아 있는 동안 다시는 당신을 보고 싶지 않고, 내가 죽은 다음에 오는 것도 금지하겠어. 당신의 가증스러운 눈이 죽은 내 얼굴을 보는 것도 싫어. 알았어? 왜 대답을 안 해? 감히 전화 끊을 생각도 하지 마, 겁쟁이! 덩치만 큰... 프랭크, 프랭크, 뭐라도 말을 해봐! 아, 전화를 끊어 버렸어. 아무것도 안 들려!"

그녀는 수화기를 집어던지더니 책상에 얼굴을 묻고 오열하기 시작했다. 닐은 그녀 옆에 서서 차분히 기다렸다. 이번만큼은 그가 빨랐다. 그녀를 구했다. 그녀의 목소리가 원망과 증오로 떨리기 시작한 순간 그는 양철공이 두고 간 커다란 가위로 책상 뒤에서 전화기의 절연전선을 끊었다. 그녀가 내지른 비난은 이 방을 떠나지 않았다.

흐느낌이 멈추자 그는 그녀의 어깨를 건드렸다. 그가 조심스레 흔들었으나 그녀는 꼼짝도 하지 않았다. 만취하여 곯아떨어진 것이었다. 그녀의 손과 얼굴이 너무나 차가워서 마치 몸에 따뜻한 피 한 방울 남지 않은 것만 같았다. 그는 그녀를 자기 방으로 안고 가서, 흠뻑 젖은 옷을 잘라내고 자신의 목욕 가운으로 감싸서 침대에 눕혔다. 그녀는 완전히 인사불성이었다. 그는 램프를 불어 끄고 방문을 걸어 잠근 후, 건물을 나서서 서둘러 포머로이 판사의 집으로 갔다. 그는 삼촌을 깨워 상황을 간략하게 설명했다.

"삼촌이 준비하고 사무실로 가서 아침까지 함께 있어 주시겠어요? 누군가 옆에 있어야 해요. 전 대령님한테 바로 가볼게요. 대령님을 혼자 두면 안 돼요. 부인이 다리를 건널 수 있었다면 저도 건널 수 있겠죠. 그나저나 부인이 언성을 높이기 시작했을 때 제가 삼촌 책상 뒤에서 전화선을 끊었어요. 그러니까 주의하세요. 오늘처럼 폭풍이 치는 날에는 사고가 날지도 몰라요. 아침에 제가 마구간에서 마차를 빌려서 포레스터 부인을 집에 모시고 갈게요. 사람들이 일어나기 전에요."

동이 트자 닐은 포레스터 대령의 방으로 들어가 간밤에 부인이 장거리 전화에 불려 갔으나 이제 그가 데리고 오겠다고 알렸다.

대령은 큼직한 베개 세 개를 받치고 기대 누워 있었다. 얼굴에 살이 찌고 늘어지자 한때 억셌던 인상이 거의 동양적으로 부드러워졌다. 평온한 표정으로 가만히 누워서 젊은이가 꾸며 내는 이야기를 듣다가 이따금 눈을 끔벅거리며 "고맙구나, 닐. 고마워."라고 말하는 그는 늙은 중국 현자처럼 보였다.

아직 잠들어 있는 타운을 지나 마구간으로 가던 닐은 땅딸막한 비즐리 부인이 보일드 푸딩을 파란 기모노 보자기에 싸맨 듯한 모습으로 교환국 뒤편의 보송보송한 아스파

라거스 밭을 뒤뚱거리며 지나가는 모습을 보았다. 이미 그녀는 양재사인 이웃 몰리 터커에게 자신의 흥미진진한 밤에 관해서 전부 이야기해 주고 가는 길이었다.

V

그로부터 얼마 안 가 대령이 또다시 뇌졸중을 일으키자 비즐리 부인과 몰리 터커와 그네들의 친구들은 부인이 천벌을 받았다고 입을 모았다. 이보다 가혹한 벌은 없었다. 이제 혼자서는 아무것도 할 수 없게 된 그를 돌보느라 포레스터 부인은 완전히 부서졌다.

불운이 그림자를 드리우기 시작한 이후에도 그녀는 예전처럼 사람들로부터 거리를 두었다. 그녀는 아무런 부탁도 하지 않았으며 아무런 도움도 받지 않았다. 타운 사람들을 대하는 그녀의 태도는 한결같았다. 느긋하고 정중했으며 무심했다. 포머로이 판사와 데니슨 선생을 제외한 그녀의 친구들은 모두 오래전에 스위트워터를 떠났다. 타운 주부들이 찾아오기라도 하면 그녀는 응접실에서 맞이했고, 그들이 결코 꿰뚫을 수 없는 담담한 태도로 미소 지으며 이야기를 나누었다. 그들은 감히 그 선을 넘지 못했다. 여전히 그들은 포레스터 부부를 방문할 시에는 가장 좋은 옷을 입고 명함을 지참해야 한다고 느꼈다.

그러나 대령이 완전히 무력해지자 모든 것이 돌변했다. 참견하기 좋아하는 이들을 더는 막을 길이 없었다. 타운 여자들은 병자를 위해 수프와 커스터드를 가져왔다. 그들이 야간 간호를 해주는 날이면 그녀는 집을 아예 그들에게 맡겼다. 그녀는 지칠 대로 지쳤다. 너무나도 지쳐서 주변에서 일어나는 일에 무감각해졌다. 비즐리 부인과 몰리 터커 같은 이들은 마침내 기회를 잡았다. 그들은 서로의 부엌에 드나들듯 포레스터 부인의 부엌을 스스럼없이 오갔다. 그들은 이불을 더 내온답시고 리넨 장롱을 뒤지고 다락과 창고를 기웃거렸다. 한때는 응접실 너머로 발도 들이지 못한 집을 그들은 개미처럼 샅샅이 훑고 다녔다. 그리고 자신들이 여태 속았다는 것을 깨달았다. 이 집에 근사한 것이라고는 하나도 없었다! 부엌은 불편했고 싱크대에서는 냄새가 났다. 카펫은 낡았으며 커튼은 색이 바랬고, 비실용적인 구식 가구는 선물로 줘도 받지 않을 물건이었다. 위층 침실은 거미줄투성이에 먼지가 뽀얗게 쌓여 있었다.

포머로이 판사는 포레스터 저택에서 부산을 피울 때만큼 이 여인들이 기세등등하고 활기 넘치며 자신만만한 모습은 본 적이 없다고 조카에게 말했다. 대령의 질병은 마치 교회 모임이나 새로 설립된 클럽처럼 타운의 사교활동을 되살렸다. 이 무리는 점차 더욱 뻔뻔해졌는데—포레스터 부인은 저항할 기력이 없는 듯했다. 그녀는 부엌에서 노역하고, 옷을 반쯤 입고 위층 침실에서 선잠을 자면서, 블랙커피와 브랜디로 버티고 있었다. 모든 경계가 허물어졌다. 그녀는 모든 것에 무관심해졌다.

오솔길을 따라 오가는 여자들의 대화가 이따금 닐의 귀에 드문드문 들렸다.

"그 여자는 왜 은식기를 안 팔았대? 쟁반이랑 뚜껑 달린 그릇이랑 전부 처박혀서 몇 년간 녹만 슬었던데!"

"난 리넨을 좀 가져갔으면 해. 위층 서랍에 더블 다마스크가 꽉꽉 차 있는데, 테이블보가 전부 한 장으로 두 장은 너끈히 만들 길이야! 그 와인잔 같은 걸 본 적이나 있니? 술집 두 개를 합쳐도 그만큼은 없을 거야. 대령이 죽고 나서 부인이 살림을 팔려고 내놓으면 난 샴페인잔을 열두어 개 살 거야. 셔벗을 담아내면 예쁘겠더라."

"맥주잔이랑 위스키 잔까지 합치면," 몰리 터커가 덧붙였다. "잔이 백 개도 넘어. 그걸 판다고 하면 난 스템이 긴 녹색 잔을 두어 개 사서 벽난로 선반 장식으로 써야지. 하지만 술집에 넘기는 게 아니면 다 팔지는 않겠지."

에드 엘리엇의 어머니가 웃음을 터뜨렸다. "잔에 따라 마실 게 남아 있는 동안은 절대 안 팔 거야!"

"언젠가는 그 창고도 바닥나게 되어 있어."

"그런 여자한테는 술을 가져다줄 사람이 널린 모양이야. 그 여자에게서 술 냄새를 안 맡은 적이 없어. 저번에는 밤 늦게 갔는데, 쭈그리고 앉아서 부엌 바닥을 닦고 있더라고. 눈이 풀려 있었어. 내가 다 불안할 때까지 얼음 보관함 주위를 계속해서 문지르는 거야. 그래서 내가 말했지. '포레스터 부인, 그쪽은 벌써 몇 번이나 닦은 거 같아요.'"

"취해 있었어?"

"전혀 아니야! 웃더니 자주 얼이 빠진다고 하더라고."

엘리엇 부인의 동행들도 웃음을 터뜨리더니 '얼이 빠졌다'가 적절한 표현이라고 동의했다.

닐은 자신이 들은 바를 삼촌에게 전했다.

"삼촌," 그가 선언했다. "그분들을 이렇게 두고 보스턴으로 돌아갈 수 없을 것 같아요. 1년 휴학하고 도와드리고 싶어요. 거기 가서 그 여자들 입방아를 끝내야겠어요. 삼촌이 호텔에서 몇 주간 지내시고 제가 블랙 톰을 데려가도 될까요? 톰이 도와주면 그 여자들을 싹 다 쫓아버릴 수 있어요."

일은 단박에, 조용히 진행되었다. 톰이 부엌일을 담당하고 닐이 손수 병간호를 맡았다. 그는 여자들을 단호하게 상대했다. 당신들의 선의는 아주 친절하지만 지금으로서는 도움이 필요 없다. 의사가 말하길 집이 절대적으로 조용해야 하며 병자는 절대 안정이 필요했다.

집이 평화로워지자 포레스터 부인은 한 주간 거의 잠만 잤다. 대령도 병세가 호전되었다. 몸이 괜찮은 날이면 그는 휠체어를 타고 정원에 나가서 9월의 햇살과 아직 시들지 않은 둥근인가목 장미를 즐겼다.

"고맙다, 닐. 고맙네, 톰." 그들이 그를 휠체어로 옮겨 줄 때면 그는 종종 말했다. "조용하니까 정말 좋구나." 그가 외출하지 않는 편이 낫겠다고 그들이 판단하는 날이면, 그는 슬퍼하며 낙담했다.

"대령님 상태가 어떻든지 간에 그냥 외출시켜 드려." 포레스터 부인이 말했다. "자기 토지를 보는 걸 좋아하시거든. 그것과 시가가 대령님께 남은 유일한 낙이야."

휴식을 취하고 나서 침착해진 부인은 부엌일을 다시 맡았고, 블랙 톰은 판사에게 돌아갔다.

밤이 되어 부인이 침실로 올라가고 대령은 편히 쉬고 있을 때, 혼자 남아 불침번을 서는 닐은 경건한 행복 비슷한 것을 느꼈다. 한 해를 휴학하는 것은 쉬운 결정이 아니었다. 그의 동급생 대부분이 그보다 어렸다. 희생이 따른 일이었으나, 실행에 옮기고 나니 그는 흡족했다. 불침번을 서는 밤에 그는 의자를 바꿔 앉아 가며 책을 읽고 담배를 피우고, 잠을 깨기 위해 간소한 야식을 먹기도 했고, 그렇게 밤을 지새우는 그의 가슴속에는 충직한 사람들의 만족감이 충만했다. 그는 어린 시절에 자신에게 무척이나 아름다워 보였던 구식 물건들 가운데 홀로 있는 것이 좋았다. 이것들은 여전히 세상에서 가장 편한 의자였으며, 그의 눈에 '빌헬름 텔의 예배당'이나 '비극 시인의 집'보다 멋진 그림은 없었다. 돌로 만들어진 상판에 체스판 무늬로 모자이크가 세공된 낡은 테이블은 대령의 친구들이 나폴리에서 선물로 가져온 것으로, 솔리테어를 하기에 최적의 카드 테이블이었다. 그의 인생에서 이 집을 대신할 집은 없었다.

사유할 시간이 충분했던 그는 자신을 성찰하고 이곳의 옛 친구들에 대해 생각했다. 포레스터 부인이 일하고 있는데 대령이 "아가씨, 아가씨."라고 부르기라도 하면 그녀는 어디에서 무얼 하고 있든지 간에 "네, 여보."라고 대답했으나 대령에게 오지는 않았는데, 그가 무엇이 필요해서 부르는 게 아니라는 사실을 말투로 아는 듯했다. 어쩌면 그는 단순히 그녀가 근처에 있다는 것을 확인하고 싶었는지도 몰랐다. 혹은 대답하는 그녀의 목소리를 듣고 싶었는지도. 인생의 평화로운 끝자락에 다다른 대령과 시간을 보낼수록 닐은 대령이 포레스터 부인을 어쩌면 그녀 자신보다 더 잘 이해하는지도 모른다고 생각했다. 그리고 그녀를 알기에 대령은—그의 표현을 따르자면—그녀를 아꼈다.

VI

포레스터 대령은 12월 초에 사망했다. 그의 부고는 전신으로 전해졌는데, 의기소침해진 타운인 스위트워터에서 참으로 오랜만에 주 전체에 알린 특보였다. 동부와 서부 도처에서 화환과 전보가 쏟아져 왔으나, 대령의 절친한 친구 중 한 사람도 장례식에 참석하지 못했다. 댈젤 씨는 캘리포니아에 있었고, 벌링턴 철도회사의 회장은 유럽에서 여행 중이었다. 다른 이들도 너무 멀리 있거나 건강이 좋지 않았다. 운구자들 가운데 대령의 가까운 친구는 데니슨 선생과 포머로이 판사뿐이었다.

장례식 당일 아침 대령은 이미 관 속에 뉘어졌고 장의사가 응접실에 의자를 배열하고 있는데 부엌문에서 노크 소리가 들렸다. 닐이 가보니 아돌프 블럼이 커다란 흰 상자를 들고 서 있었다.

"닐," 그가 말했다. "이걸 포레스터 부인께 전해 드리고,

나랑 라인이 대령님을 위해 보낸 거라고 말해 주겠니?"

아돌프는 낡은 작업복 차림이었는데, 아마도 그가 가진 옷 중에서 유일하게 깃에 니트 목도리가 덧대어져 있는 것일 터였다. 그가 장례식에 참석하지 않으리라고 짐작한 닐이 말했다.

"들어와서 대령님을 볼래, 아돌프? 살아계실 때랑 똑같아."

아돌프는 망설였으나 응접실의 퇴창을 통해 장의사의 직원을 보고서는 "아니, 고마워, 닐."이라고 말하며 빨갛게 부르튼 손을 재킷 주머니에 찔러 넣고 떠났다.

닐은 상자에서 풍성한 노란 장미 한 아름을 꺼냈다. 이것을 위해 형제는 아마도 꽤 많은 토끼를 잡아야 했을 것이다. 그는 포레스터 부인이 누워 있는 위층으로 꽃다발을 가져갔다.

"블럼 형제가 보냈어요." 그가 말했다. "아돌프가 좀 전에 부엌문으로 가져왔어요."

포레스터 부인은 꽃다발을 보더니 베개 위에서 고개를 돌렸다. 그녀의 입술이 바르르 떨렸다. 그날 온종일 창백한 얼굴로 침착을 유지하던 그녀가 무너진 유일한 순간이었다.

장례식은 웅장했다. 카운티 전역에서 늙은 정착민들과 농부들이 와서 개척자를 무덤까지 배웅했다. 닐과 그의 삼촌과 함께 묘지에서 돌아오는 길에 포레스터 부인은 그들이 집을 나선 이래 처음으로 입을 열었다. "포머로이 판사님," 그녀가 나지막이 말했다. "포레스터 씨의 해시계를 가져가서 무덤 위에 놓고 싶어요. 기둥에 글을 새길 수 있겠지요. 우리가 살 수 있는 그 어떤 묘비보다 적절할 거예요. 그리고 무덤 옆에 그이의 장미를 심을래요."

그들이 집에 돌아왔을 때는 오후 4시였고, 그녀는 차를 끓여 주겠다고 고집했다. "나도 한잔하고 싶어요. 뭐라도 하는 게 나아요. 응접실에서 기다려요. 닐, 가구를 제자리에 다시 놓아 주렴."

잿빛 하루가 어두워졌으며, 세 사람이 퇴창 앞에 앉아 차를 마시는 동안 언덕과 타운 사이의 넓은 초원 위로 눈보라가 세차게 휘날렸다. 집 근처의 거대한 미루나무 숲이 삐걱거리는 소리가 겨울의 도착을 알리는 듯했다.

VII

4월의 어느 날 아침, 닐이 사무실에 혼자 있을 때였다. 이미 꽤 오래전부터 그는 류머티즘 열병을 앓고 있는 삼촌을 대신해 일상적인 업무를 처리해 왔다.

사무실 문이 열리더니 그 앞에 서 있는 사람이 보였는데, 낯설면서도 어딘가 익숙한 얼굴이었다. 그 사람이 한때 스위트워터에 퍽이나 자주 왔었지만 발길을 끊은 지 수년이 지난 오빌 오그던이라는 것을 깨닫기까지 그는 잠시 생각해야 했다. 오그던 씨는 마지막으로 본 이래 나이를 하루도 더 먹지 않은 것 같았다. 한쪽 눈은 여전히 말갛고 곧았으며 다른 눈은 흐리멍덩하고 시선이 비스듬했다. 또한, 묵은 밀랍처럼 잿빛인 그의 턱수염은 여전히 뻣뻣하고 콧수염은 말려 올라갔으며, 숱 없는 머리칼은 한껏 세워 벗어진 머리 위로 빗어 넘겼다.

"포머로이 판사님의 조카 아닌가? 자네 이름은 기억이 통 안 나는데, 자네를 기억하긴 하네. 판사님은 외출하셨나?"

"앉으시죠, 오그던 씨. 삼촌은 편찮으세요. 몇 달이나 사무실에 못 나오셨어요. 고생이 심하셨답니다. 제가 도와드릴 수 있는 일이 있을까요?"

"저런, 안 됐구나! 정말 안 됐어." 그는 진심으로 안타까워하는 듯했다. "좋으나 싫으나, 우리가 전부 늙어 가는 모양이야. 대니얼 포레스터가 죽으면서 세상이 많이 변했지." 오그던 씨는 코트를 벗고 책상 위에 모자와 장갑을 가지런히 올려놓더니 곤혹스러운 표정으로 서 있었다. "삼촌은 어디가 안 좋으신가?" 그가 불쑥 물었다.

닐이 설명했다. "이번 겨울에 복학하려고 했는데 삼촌이 여기 남아서 사무실을 봐달라고 부탁하셨어요. 삼촌이 일을 맡길 만한 사람이 없었거든요."

"그랬구나, 그랬어." 오그던 씨가 생각에 잠겨 말했다. "그럼 일단은 자네가 삼촌 일을 대신하는 건가?" 그는 말을 멈추고 고민했다. "그래, 자네 삼촌과 의논하고 싶은 일이 있었네. 나는 기차를 갈아타기 전에 잠깐 들른 거야. 일단 자네에게 말해 줄 테니까 삼촌과 상의해서 시카고로 연락하게. 비밀이 보장되어야 하는 일인데, 제삼자와 관련된 거야."

절대 비밀로 하겠다는 닐의 다짐을 들은 다음에도 오그던 씨는 좀처럼 입을 열지 못했다. 그는 매우 심각한 표정으로 시가에 천천히 불을 붙였다.

"자네 삼촌의 고객 한 명에 대해 제안하고 싶은 사항이 있는데, 상당히 민감한 일이네." 그가 마침내 운을 뗐다. "내게 워싱턴 정부 기관에서 일하는 친구가 몇 명 있는데, 내 부탁이라면 그 무엇도 마다하지 않을 사람들이지. 우리가 포레스터 부인의 연금을 특별히 인상할 방법이 있지 않을까, 생각해 봤단다. 난 이번 주에 시카고에 볼일이 있는데, 그 일을 처리하고 나면 워싱턴으로 가서 알아볼 용의가 있단다. 물론 내가 이 일에 연관된 것은 아무도, 특히나 자네 삼촌의 다른 고객들은 몰라야 한다."

닐이 얼굴을 붉혔다. "죄송합니다, 오그던 씨." 그가 말했다. "하지만 포레스터 부인은 이제 삼촌의 고객이 아니에요. 대령님이 돌아가시고 나서 부인께서 다른 사람을 선임하셨어요."

오그던 씨의 정상적인 눈이 다른 눈만큼이나 멍해졌다.

"뭐라고? 판사님이 부인의 법률고문이 아니라고? 아니, 20년이 넘게—"

"저도 압니다. 부인께서는 삼촌을 전혀 배려하지 않으

셨어요. 너무나 갑작스럽게 다른 사람에게 가버리셨어요."

"누구인지 물어봐도 되겠니?"

"여기 타운에서 일하는 사람이에요. 아이비 피터스라고."

"피터스? 못 들어 본 이름인데."

"네, 못 들어 보셨을 거예요. 예전에 포레스터 부부와 교류하던 사람이 아니었습니다. 젊은 세대에 속하죠. 저보다 몇 살 위에요. 대령님이 돌아가시기 몇 년 전부터 거기 땅을 일부 빌려서 경작했어요—그들의 임차인이었죠. 그렇게 포레스터 부인과 알게 된 겁니다. 부인께서는 그 사람이 뛰어난 사업가라고 생각하세요."

오그던 씨는 눈살을 찌푸렸다. "실제로 뛰어난가?"

"어떤 사람들은 그렇게 생각합니다."

"믿을 만한 사람인가?"

"전혀 아니에요. 모두가 꺼리는 사례들을 도맡습니다. 어쩌면 포레스터 부인은 정직하게 대우해 주는지도 모르겠습니다. 하지만 만약 그렇다고 해도, 자신의 원칙 때문은 아닐 거예요."

"아주 속상한 소식이군. 자네는 하던 일을 다시 하게. 난 생각을 좀 해야겠네." 오그던 씨는 자리에서 일어나 뒷짐을

지고 방을 오락가락했다. 닐은 손님이 편하게 생각할 수 있게 쓰다 만 편지를 다시 쓰기 시작했다.

그는 오그던 씨가 무척이나 난감한 처지라는 사실을 이해했다. 포레스터 부인에게 헌신적이었던 그는 콘스턴스가 프랭크 엘린저와 결혼하기로 마음먹기 전에는, 그러니까 아내와 딸이 그에게 압력을 가하기 전에는 덴버의 어느 친구보다도 포레스터 부부를 자주 찾아왔었다. 닐이 알기로는 그의 가족과 프랭크 엘린저가 참석했던 크리스마스 파티가 그의 마지막 방문이었다. 그로부터 얼마 안 가 그는 모녀의 꿍꿍이를 알아차렸을 것이다. 그가 이 계획에 찬성했는지 아닌지는 알 수 없으나, 아마도 그는 관여하지 않는 편이 낫다고 판단했을 터였다. 포레스터 부부가 내리막길을 걷기 시작했다고 그가 발길을 끊은 것이 아니었다. 척 봐도 그는 지금 매우 심란하며 그녀를 몹시 걱정하고 있었다.

닐이 편지를 다 쓰고 다른 편지에 착수하려는 순간 책상 옆에 서서 턱수염을 점점 더 팽팽하게 꼬고 있던 오그던 씨가 멈췄다. "이 젊은 변호사가 원칙이 없는 사람이라고? 하지만 망나니들도 여자와 관련된 일에서는 이따금 마음이 약해지거나 감성적이기도 하지."

닐은 그를 빤히 바라보았다. 아이비의 보조개가 곧바로

머릿속에 떠올랐다.

"마음이 약해진다고요? 감성적이요? 오그던 씨, 그의 사무실에 찾아가 보시지요? 슬쩍 보기만 해도 알 수 있을 겁니다."

"아, 그럴 필요는 없네! 알 것 같아."

그는 포레스터 숲의 우듬지가 얼핏얼핏 보이는 창밖을 내다보며 중얼거렸다. "딱한 부인! 잘못된 길로 빠지셨군. 대니얼의 친구들에게서 조언을 받아야 하는데." 그는 주머니에서 시계를 꺼내 바라보며 무언가를 골똘히 생각했다. 그는 한 시간 후에 기차가 출발한다고 말했다. 지금으로서는 아무것도 할 수 없었다. 잠시 후 그는 사무실을 떠났다.

그가 떠나고 나서 닐은 오그던 씨가 시계를 들고 망설였을 때 포레스터 부인을 찾아갈까 고민했다고 확신했다. 그는 그녀를 보러 가고 싶었으나 포기했다. 자기 부인과 딸이 두려웠던 걸까? 아니면 다른 종류의 비겁함일까? 변하고 망가진 그녀를 보고 과거에 품었던 환상이 깨지며 즐거운 추억마저 잃어버릴지도 모른다는 두려움이었을까? 삼촌은 오그던 씨가 비록 결혼은 못생긴 여자와 했을지언정 미인들을 무척 동경하며, 자기 나름의 난해하고 애매한 방식으로 기사도 정신이 투철하다고 말했었다. 그가 조금만 부추겼더라면 오그던 씨가 포레스터 부인을 찾아가서 도움을 주었을지도 몰랐다. 이렇게 되도록 노력하는 대신 자신이 두 손 놓고 방관했다는 사실에 닐은 포레스터 부인을 향한 자기 마음이 얼마나 변했는지 새삼 깨달았다.

사실 변한 것은 포레스터 부인 본인이었다. 남편이 죽고 나서부터 그녀는 딴 여자가 된 듯했다. 닐과 그의 삼촌, 댈젤 부부를 포함한 그녀의 친구들은 모두 대령이 부인의 앞길을 가로막고 있다고 생각했었다. 그를 돌보느라 그녀가 진이 빠지고, 빛이 바래고, 누릴 수 있던 삶을 모조리 포기해야 했다고. 그러나 대령이 사라지자 그녀는 바닥짐이 없어 온갖 바람에 이리저리 휩쓸리는 배와 다름없었다. 그녀는 변덕스럽고 비뚤어졌다. 그녀의 판단력이 흐려진 듯했고, 사람들이 선을 넘지 못하도록 우아하고 손쉽게 다루는 능력마저 잃어버린 듯했다.

포레스터 대령이 앓아눕고 끝내 사망했을 적에 아이비 피터스는 와이오밍주에 있었다. 그가 소유한 땅 부근에서 유전이 발견되었다는 전보를 받고 떠난 것이었다. 그러나 대령의 장례식이 열리고 얼마 되지 않아 돌아온 그는 문지방이 닳도록 포레스터 플레이스를 드나들었다. 겨울이라 밀밭에서 할 일이 없었으므로 그는 퇴근 후 낡은 헛간을 허무는 일에 재미를 붙였다. 포레스터 저택의 정면 포치에서 주인처럼 시가를 뻐금거리는 그를 언제라도 볼 수 있었다. 종종 그는 포레스터 부인과 카드를 치거나 자신의 사업 계획을 떠벌리며 저녁 늦게까지 머물렀다. 그는 아직 큰 재산을 모으지는 못했으나 성공 가도를 달리고 있었다. 이따금 그는 동네 친구 한두 명을 데려와 포레스터 부인과 함께 식사하기도 했다. 그들의 어머니들과 여자친구들은 충격을 받았다. "그 여자가 이제는 젊은 애들을 노리나 봐." 에드 엘리엇의 어머니가 말했다. "철없이 굴고 있어."

끝내 닐이 포레스터 부인에게 노골적으로 말했다. 그는 아이비가 매일같이 찾아오는 것에 대해서 사람들이 말이 많다고 알렸다. 심지어 길거리에서도 이에 관해 수군거리는 소리를 들은 적이 있었다.

"그렇지만 난 그 사람들이 하는 말에 신경 쓸 수 없어. 그들은 언제나 나에 대해 숙덕거렸고, 앞으로도 계속 그럴 거야. 피터스 씨는 내 법률고문이자 임차인이야. 자주 만나야 하는 관계인데, 당연히 내가 그의 사무실에 가지는 않을 거야. 내가 매일 저녁 집에서 혼자 뜨개질을 할 수는 없잖니. 네가 지금보다 더 자주 날 찾아왔으면 사람들은 그걸 가지고도 헐뜯었을 거야. 너는 아이비보다도 어리고—더 잘생겼잖니! 그런 생각은 안 해봤어?"

"저한테 그런 식으로 말씀하시지 않았으면 좋겠어요."
그가 냉랭하게 말했다. "포레스터 부인, 여길 떠나시면 어
떨까요? 캘리포니아로, 친족들이 있는 곳으로 가세요. 이
타운은 부인께서 살 곳이 아니란 걸 아시잖아요."

"떠날 생각이야. 그러니까, 이 집을 팔고 나면 갈 거야.
내 소유 재산이란 이것뿐인데, 임차인들에게 맡기면 엉망
으로 관리해서 제값을 못 받을 거 아니니. 그것 때문에 아
이비가 자주 오는 거야. 여길 보기 좋게 만들려고. 눈에 거
슬리는 그 낡은 헛간을 허물어뜨리고, 포치 바닥의 썩은 판
자를 떼어 내고 새 걸 깔고 있어. 여름이 오면 페인트칠을
할 거야. 여길 말끔하게 고치지 않는 한 내가 원하는 가격
을 절대 못 받을 테니까." 그녀는 스스로를 설득하려는 것
처럼 과장된 열의를 보이며 초조하게 말했다.

"지금 얼마에 내놓으셨는데요?"

"2만 달러."

"절대 못 받을 거예요. 어쨌든 경제가 확 바뀌지 않는다
면요."

"네 삼촌도 그렇게 말씀하셨어. 판사님은 1만 2천 달러
이상에 내놓을 생각도 안 하셨어. 그래서 다른 사람에게 맡

거야 했던 거야. 세상은 변했는데 그분은 그걸 모르셔. 포레스터 씨도 이 집이 그만한 가치가 있다고 하셨어. 아이비는 자기가 2만 달러를 받아 줄 수 있다고 했어. 만일 그렇게 안 팔리더라도, 투자에서 수익이 나기 시작하면 자기가 직접 매입하겠다고.”

“그러는 동안 부인께서는 여기서 인생을 낭비하시는 거예요.”

“완전히 그렇지는 않아.” 그녀는 믿어 달라고 간청하는 눈빛으로 그를 보았다. “오랫동안 고생한 끝에 이제 쉬는 거야. 그리고 난 기다리는 동안 젊은이들 사이에서 새로 친구를 사귀고 있어. 네 또래나 조금 어린 아이들. 이 타운 소년들을 위해 무언가를 해주고 싶다고 오래전부터 생각해 왔는데 너무 여유가 없었거든. 애들이 야만인처럼 자라는 게 얼마나 안타까운지. 초대받을 수 있는 품위 있는 집이랑 조언을 해줄 여자만 있으면 해결되는 일인데. 그 애들은 제대로 배울 기회조차 없었어. 너도 만일 보스턴에 가지 않았다면 지금처럼 자라지 못했을 거야—그리고 넌 더 좋은 시절을 살아 본 어른 친구들과 항상 어울렸잖니. 네가 에드 엘리엇이나 조 심슨 같은 환경에서 자랐으면 어땠을 것 같아?”

"그 애들과 똑같아지지 않았을 자신은 있어요! 하여튼 더는 이야기할 필요가 없군요. 부인께서 이미 생각해 보시고 결정한 일이라면요. 저는 단지 타운 사람들이 뭐라고 하는지 모르실까 봐 말씀드린 거예요."

"나도 알아!" 그녀가 머리를 휙 젖혔다. 그녀의 눈이 빛났지만 즐거워서가 아니었다. 그 반짝임은 맹렬한 반항심에 가까웠다. "나도 다 알아. 다들 나를 '명랑한 과부[19]'라고 부르지. 난 그 별명이 퍽이나 마음에 들던데!"

닐은 더 이상 논쟁하지 않고 집을 떠났다. 그것이 삼 주전 일이었으며 그날 이래 그는 단 한 번도 그녀를 찾아가지 않았다. 그 사이에 포레스터 부인은 판사를 만나러 왔었다. 판사는 언제나처럼 정중했으나 그녀의 배신에 깊이 상처받았으며, 그녀를 친애하는 마음은 절대 되살아나지 않을 것이었다. 그는 지난 20년간 포레스터 대령의 모든 사업 문제를 돌보았고, 덴버 은행이 부도난 이래 자신에게 맡겨진 재산에서 단 한 푼도 수고료로 가져가지 않았다. 포레스터 부인이 그에게 몹쓸 짓을 했다. 그녀는 경고조차 하지 않았

___

19. 프란츠 레하르의 오페레타. 앙리 메이야크의 『대사관의 아타셰 L'attache d'ambassade』를 바탕으로 빅토르 레온과 레오 슈타인이 대본을 썼다.

다. 어느 날 아이비 피터스가 다짜고짜 사무실로 들어와 포레스터가의 모든 재산과 증권과 회계기록을 그에게 이양하라는 그녀의 위임장을 내밀었다. 그 일이 있고 나서 그녀는 집을 팔기로 한 것에 대한 그 대화를 제외하고는, 단 한 번도 판사나 닐에게 이에 관해 언급하지 않았다.

VIII

포근한 5월 미풍이 거리의 먼지를 흩날리던 어느 날 아침, 포레스터 부인이 생글생글 웃으며 포머로이 판사의 사무실로 들어왔다. 그녀는 새로 산 봄용 보닛을 쓰고 짧은 검정색 벨벳 망토의 목을 제비꽃 다발로 여미고 있었다. "닐, 내 새 옷 좀 봐줘." 그녀가 구슬리듯 말했다. "새 옷을 사는 건 몇 년 만이야."

그는 옷이 무척 예쁘다고 말했다.

"내가 드디어 새 옷이 생겨서 기쁘지 않니?" 그녀가 베일 아래에서 미소 지으며 물었다. "오늘은 네가 화내지 않고 내 부탁을 들어줄 것 같은 기분이 들었어. 아주 성가신 일은 아니야. 금요일 저녁에 식사하러 와줘. 네가 오면 애니 피터스까지 합쳐서 여덟 명이야. 전부 네가 아는 남자애들인데, 만일 네가 그 애들을 싫어한다면, 그건 당연해! 그래, 물론 싫어해야지!" 그녀가 엄격하게 고개를 주억거렸다. "네가 남들 말에 하도 신경을 쓰니까 하는 말인데, 닐, 네가 거만하다고 소문날까 봐 걱정되지 않니? 네가 보스턴에서 더 큰 세상을 좀 보고 왔다고? 너무 뻣뻣하게 굴지 마, 너무—대단한 사람인 척! 네 나이에 어울리지 않아." 그녀가 그처럼 눈썹을 일자로 하고 인상을 쓰자 그는 웃음을 터뜨릴 수밖에 없었다. 그녀가 얼마나 흉내를 잘 내는지 거의 잊고 있었다.

"왜 제가 왔으면 좋겠어요? 어울리기 싫어하는 사람들을 불러 봤자 좋을 거 없다고 늘 말씀하셨잖아요."

"네가 노력만 하면 충분히 잘 어울릴 수 있어. 이번에는 나를 위해 노력할 거야. 맞지?"

그녀가 떠나고 나자 닐은 설득당했다는 사실에 화가 치밀었다.

금요일 저녁에 그는 마지막으로 도착한 손님이었다. 무더운 오후의 열기가 남아 있는 후덥지근한 저녁이었다. 창문이 활짝 열려 있었고, 청년들이 몸집에 비해 너무 커 보이는 의자에 앉아 있는 어슴푸레한 응접실에 라일락 향기가 흘러들어왔다. 석유 램프의 불이 밝힌 식당에서는 아이비 피터스가 식기장 옆에 서서 칵테일을 만들고 있었다. 그의 여동생 애니는 부엌에서 집주인을 거들고 있었다. 닐을 맞이하러 잠시 나왔던 포레스터 부인은 양해를 구하고 서

둘러 애니 피터스에게 돌아갔다. 문틈으로 보이는 식탁에는 은식기와 촛대와 꽃이 다시 등장했다. 그녀가 그날 아침 윈즈 퀸스웨어 상점[20]에서 산 식기로 상을 차렸더라도 어스름 속에 앉아 있는 남자애들은 아무 차이를 몰랐을 거라고 닐은 확신했다. 그들이 생각하는 고급 식기란 자기들의 누이나 애인이 '핸드페인팅'한 것이었다. 그들은 하나같이 다리를 꼬고 앉아서, 황토색 구두 위로 황토색 양말을 보이며 발을 흔들었다. 그들은 옷에 관한 이야기 중이었다. 아버지의 의류 사업을 물려받은 조 심슨이 이번 여름 유행에 대해 열변을 토하고 있었다.

아이비 피터스가 셰이커를 흔들며 들어왔다. "계집애 같은 녀석들—맨날 뭘 입을 거네, 돈을 어디에 쓸 거네, 하면서 수다를 떨지. 너희들이 전부 나처럼 옷을 오래 입으면 심슨은 금세 부자가 되기 어려울 거다. 조, 내가 이 양복을 언제 샀는지 기억하냐?"

"아, 내가 고등학교를 졸업한 해였던 것 같은데!"

모두 웃음을 터뜨렸다. 아이비가 무슨 말을 하건 어떤 행동을 하건, 그들은 웃음으로 그의 성공을 인정했다.

포레스터 부인이 조그만 백단 부채로 부채질을 하며 들

20. 저렴하고 실용적인 식기를 팔던 상점.

어오자 모두가 벌떡 일어났는데, 너무나도 황급히 일어나서 그들이 겁을 먹었다고 생각할 정도였다. 어쨌든 그녀가 그 정도 예의범절을 가르치는 데는 성공했다.

"아이비, 칵테일은 준비됐어? 내가 화장을 고치고 올 때까지 좀 기다려. 오늘 밤에 이렇게 더울 줄 알았더라면 로스트를 만들지 않았을 텐데. 오리고기보다 내가 더 익어 버렸어. 칵테일을 따라도 돼. 금세 올게."

그녀가 자기 방으로 사라지자 그들은 이번에도 놀라운 속도로 다시 앉았다. 아이비 피터스가 칵테일이 담긴 쟁반을 들고 한 바퀴 돌자 소년들은 각자 잔을 들고 포레스터 부인을 기다렸다. 자기 방에서 돌아온 그녀는 닐의 팔을 잡고 식당으로 데려갔다. "봤어?" 그녀가 귓속말했다. "쟤네들이 잔을 어떻게 드는지 봤니? 어떻게 하면 잔을 하나 들어도 저렇게 천박하게 들을까? 잔을 제대로 들고 마시는 법을 가르치긴 불가능할 거야. 잔에 술 대신 차를 넣어도 말이지!"

그녀가 소리 높여 말했다. "닐, 램프에 불을 붙여 줄래? 그리고 네가 상석에 앉아. 오리고기를 썰 줄 알지?"

"따라잡긴 힘들 거예요—그러니까 제 삼촌을요." 그가 램프의 갓을 조심스럽게 다시 씌우며 중얼거렸다.

"포레스터 씨만큼 잘하진 못한다고? 그건 바라지도 않

아. 요즘 남자들은 옛날 남자들처럼 고기를 썰지 못해. 그래도 먹을 만하게 잘라낼 수는 있지? 네 오른쪽에는 애니 피터스가 앉을 거야. 음식을 나르고 있어. 신사분들, 모두 자리에 앉아요!" 그녀가 조롱하듯 가볍게 고개를 끄덕이자 귀걸이가 달랑거렸다.

널이 오리를 써는 동안 애니가 그의 옆자리에 살그머니 앉았다. 원래 붉은 그녀의 얼굴이 스토브의 열기에 빨갛게 빛났다. 아이비보다 몇 살 어린 그녀는 모든 문제에서 자기 오빠에게 절대적으로 복종했다. 그녀는 피부가 몹시 안 좋았으며 군데군데 하얗게 빛나는 옅은 금발 머리는 반들거릴 정도로 쭉 잡아당긴 당밀 태피 색깔이었다. 식사 시간 내내 그녀는 "고맙습니다." 혹은 "괜찮습니다."라는 말밖에 하지 않았다. 첫 번째 오리고기 접시가 비워질 때까지 포레스터 부인 혼자 대화를 이어 가다시피 했다. 젊은이들은 두 가지 일을 동시에 하는 법을 아직 터득하지 못했다. 그들은 집주인에게 "젤리 좀 드릴까요?"라고 묻거나 그녀의 질문에 답할 때만 먹는 것을 멈추었다.

포레스터 부인이 그들 각자에게 격려하듯 고개를 끄덕이고, 로이 존스의 어설픈 농담에 웃어 주거나 자기 사업을 시작한 조 심슨을 축하하며 '그들에게서 대화를 끌어내려고' 필사적으로 애쓰는 동안 닐은 촛대 사이로 보이는 그녀를 관찰했다. 기다란 귀걸이가 그녀의 수척한 뺨 옆에서 흔들렸는데, 그녀가 식사 직전에 바르고 온 립스틱도 두 뺨에 생기를 불어넣어 주지 못했다. 립스틱이 어떤 여자들에게는 효과를 발휘했으나 그녀에게는 아니었다―최소한 이날 밤은 아니었다. 그녀의 두 눈은 피로로 퀭했고, 그가 이제껏 본 그 어느 때보다도 그녀는 지쳐 보였다. 그는 이러한 식사를 8인분 차리는 데 들어갔을 노동을 생각하며 한숨을 내쉬었다. 한데 이 젊은이들은 감자를 곁들인 비프스테이크를 선호했을 터였다! 그들은 이런 음식을 즐기지 않았다. 그녀는 대체 왜 이 자리를 마련한 걸까? 오늘 밤 이 얼간이들이 작별인사를 하고 누런 신발을 신은 발로 언덕을 내려가고 나면, 파김치가 되어 침대에 쓰러진 그녀는 어떤 기분일까?

그녀는 음식에는 손도 대지 않았다. 그녀는 둔한 젊은이들에게서 말을 끌어내는 데 자신의 모든 기력을 쏟고 있었다. 닐은 그녀를 도와야 한다고 느꼈다. 적어도 노력은 해야 할 것 같았다. 그는 한 명씩 활기차고 단호하게 부르며 말을 걸었다. 그는 야구, 정치, 스캔들, 옥수수 농작 등등 온갖 화제를 시도했다. 그들은 짤막하게 감탄사를 외치거나 단음절로 대꾸했다. 그들이 정중한 관심 따위를 전혀 원하지

186

않는다는 사실을 닐은 곧 깨달았다. 그들은 오리고기를 더 먹고 싶었고, 조용히 먹게 자기들을 내버려 두기를 바랐다.

어쨌든 저녁 식사는 금세 끝났다. 식사 시간을 더 오래 끌려는 집주인의 노력은 수포가 되었다. 샐러드와 얼린 푸딩은 오리고기만큼이나 빠르게 자취를 감추었다. 손님들은 응접실로 옮겨 가서 시가에 불을 붙였다.

포레스터 부인은 저녁 식사 후에 남자들끼리만 있게 자리를 피해 주어야 한다는 구식 관념을 지니고 있었다. 그녀는 30분 동안 얼굴을 비치지 않았다. 어쩌면 위층에서 잠시 눈을 붙였는지, 돌아온 그녀의 얼굴에서 피로가 조금이나마 가셨다. 이제 말문이 트인 젊은이들은 에드 엘리엇이 산으로 간다는 캠핑에 대해 떠들고 있었다. 그들은 캠핑에서 입을 옷, 송어를 잡을 때 쓰는 미끼, 모기 기피제를 만드는 혼합물에 대해 조언을 던졌다.

"그거 아니, 얘들아." 그들의 이야기를 잠시 듣고 있던 포레스터 부인이 말했다. "캘리포니아로 돌아가면 난 시에라 산에 있는 여름 산장을 살 거야. 너희들을 전부 초대할게. 물론 와서 밥값은 해야 해. 장작을 패고 물을 긷고 냄비와 팬을 설거지하고 아침으로 먹을 물고기를 잡아. 아이비가 총을 가져와서 사냥하면 되겠다. 그럼 난 옛날 덫사냥꾼들처럼 주철 냄비에 빵을 구울 거야. 어떻게 하는지 생각나면 말이야. 너희들은 올 거니?"

"물론이에요! 그쪽 산은 눈감고도 다닐 정도로 빠삭하시겠네요?" 에드 엘리엇이 물었다.

그녀는 미소를 지으며 고개를 가로저었다. "에드, 그렇게 되려면 평생 걸릴 거야. 어쩌면 그보다 더 오래 걸릴지도 몰라. 시에라 산맥은—끝이 없어. 정말 웅장하단다."

닐은 그녀를 향해 돌아섰다. "거기 산에서 대령님과 처음에 어떻게 만나셨는지 얘네들에게 이야기해 주신 적 있어요? 만일 안 하셨다면, 모두 듣고 싶을 거예요."

"정말 듣고 싶니? 글쎄, 옛날 옛적에 내가 아주 어린 소녀였을 때야. 난 아버지 친구들이랑 산속에 있는 캠프장에서 여름을 보냈어."

그녀는 이야기를 그 시점에서 시작했으나, 그것이 진정한 시작은 아니었다. 시작에 스캔들과 살인이 있었다고 삼촌이 말했었다. 메리언 옴스비는 열아홉 살에 네드 몽고메리라는 골드 코스트[21]의 사치스럽고 젊은 백만장자와 약혼했었다. 그들의 결혼식이 열리기 몇 주 전 몽고메리는 샌프

---

21. 19세기 샌프란시스코의 부유한 지역을 칭하던 용어로, 금광으로 부자가 된 이들이 많았다고 해서 붙은 별명이라고 한다.

란시스코의 어느 호텔 로비에서 다른 여자의 남편이 쏜 총에 맞아 죽었다. 사건을 뒤따른 재판에는 세간의 관심이 어마어마하게 모였고, 메리언은 상황이 진정될 때까지 호기심 많은 무리의 이목을 피하라고 황급히 산으로 보내졌다.

이날 밤 포레스터 부인은 '옛날 옛적에'라는 말로 운을 뗐다. 큼직한 소파의 한쪽 끄트머리에 앉은 그녀의 머리는 그림자에 묻혀 있었고 슬리퍼를 신은 발은 발판에 올려져 있었다. 그녀가 이야기하며 백단 부채로 얼굴을 부채질하자 공기가 일렁이고 흰 손가락에서 반지들이 반짝였다. 그녀는 당시 아내를 여읜 포레스터 대령이 그녀 아버지의 사업 동료를 만나러 산속 캠프장에 찾아왔다고 했다. 그녀는 그에게 별로 관심이 없었다. 매일 그녀는 또래 젊은이들과 놀러 다니느라 바빴다. 어느 날 오후 그녀는 대담무쌍한 산악인 프레드 하니를 설득하여 이글 클리프의 암벽을 함께 타고 내려갔다. 거의 절벽 밑에 다다른 그들이 돌출된 바위 하나를 붙잡고 내려오는데 돌연 밧줄이 끊어지며 그들은 땅으로 추락했다. 하니는 바위에 떨어져 즉사했다. 여자아이는 소나무에 걸렸다가 떨어진 덕분에 충격이 완화되었다. 두 다리가 부러진 그녀는 밤새 쓰러진 채로 협곡에서 몰아치는 얼음장 같은 돌풍을 맞았다. 두 사람이 무모한 모험을 위해 단둘이 빠져나온 탓에 캠프장에 남은 사람들은 그들의 행방을 전혀 몰랐다. 그렇지만 아무도 걱정하지 않았는데, 산길을 속속들이 꿰고 있는 하니가 길을 잃을 염려는 없다고 믿었기 때문이었다. 그러나 아침에도 그들이 나타나지 않자 수색대가 찾아 나섰다. 메리언을 발견해서 아래쪽 산길로 데리고 나온 것은 포레스터 대령이 속한 팀이었다. 산길이 워낙 가파르고 좁았을뿐만 아니라 불쑥불쑥 돌출된 바위들을 돌아서 가는 길의 굴곡이 심하여 그녀를 들것에 싣기는 무리였다. 남자들이 번갈아 가며 그녀를 안고, 어깨를 암벽에 바싹 붙이고 조심스럽게 전진했다. 부러진 두 다리가 대롱대롱 흔들리며 몹시도 고통스러웠던 그녀는 연거푸 졸도했다. 그런 와중에도 그녀는 포레스터 대령이 자기를 안을 때 가장 고통이 덜하며, 가장 위험한 길을 그가 도맡는다는 사실을 눈치챘다. "대령님이 나를 안고 바위에서 중심을 잡을 때," 그녀가 말했다. "그분의 심장이 쿵쾅거리고 근육이 잔뜩 긴장한 게 느껴졌어. 그리고 만일 추락한다면 그분이 나와 함께 떨어질 거라는 확신이 들었어. 절대 나만 떨어뜨리지 않을 거라고."

캠프장으로 돌아온 사람들은 메리언을 위해 가능한 모든 것을 해주었으나, 샌프란시스코에서 의사가 왔을 즈음에는 다리의 금이 달라붙기 시작하여서 다시 부러뜨려야 했다.

"의사가 이 수술을 할 때 나는 포레스터 대령님의 손을 잡고 있고 싶었어. 기억나니, 닐? 사람들이 나를 캠프장으로 데려가는 길에 내가 단 한 번도 비명을 지르지 않았다고 대령님이 늘 자랑하셨잖아. 대령님은 내가 그분의 부축을 받으며 다시 걸을 수 있을 때까지 캠프장에 머물렀어. 그리고 내게 청혼하셨을 때 두 번 물어볼 필요가 없었지. 당연하지 않아?" 그녀는 미소를 지으며 젊은이들을 둘러보았고, 마치 무언가를 털어 버리려는 양 손끝으로 이마를 쓸어내렸다—그녀가 털어 내려는 것이 과거일까 혹은 현재일까. 과연 누가 알 수 있을까?

청년들은 진심으로 감동했다. 그녀가 그들의 질문에 답하는 동안 닐은 그녀로부터 이 이야기를 처음 들었을 때를 떠올렸다. 댈젤 씨가 시카고 친구들과 함께 들렀었는데, 그가 기억하기로는 그중에 마셜 필드와 유니언 퍼시픽의 회장도 포함되어 있었다. 그들은 댈젤 씨의 개인 승용차를 타고 블랙힐스로 사냥을 가는 길이었다. 결국, 그녀는 그 시절의 그녀와 아주 다르지 않았다. 이날 밤 닐은 심지어 지금이라도 알맞은 남자가 나타나면 그녀를 구할 수 있을 거라는 생각이 들었다. 여전히 그녀는 굴하지 않는 자신의 모습 그대로였으며 예전과 같은 역할을 맡고 있었으나—그녀의 이야기를 들어 줄 사람은 무대 일꾼들뿐이었다. 고귀한 대업과 눈부신 나날을 함께했던 사람들은 전부 사라졌다.

IX

여름이 지나며 포머로이 판사는 건강을 회복했고, 그가 사무실에 복귀할 수 있게 되자마자 닐은 보스턴으로 돌아갈 준비에 착수했다. 그는 8월 첫째 주에 돌아가서 과외지도를 받으며 공백 기간에 놓친 공부를 따라잡기로 했다. 우울한 시간이었다. 그는 어서 돌아가고 싶어 안달복달하면서도 다른 한편으로는 이번에 떠나면 영원한 작별이며 소년 시절에 자신이 사랑했던 모든 것과 완전히 결별하는 것이라는 느낌을 받았다. 사람들은 물론 지역 자체가 너무나도 빠르게 변모하고 있어서, 이곳에 돌아와도 그를 기다리는 것은 없을 터였다.

그는 한 시대의 끝을 목격했다. 개척자들의 시대가 저물었으며, 그가 본 것은 이미 찬란한 빛을 소진한 황혼의 여운이었다. 버펄로의 시대에 여행자는 이미 길을 떠난 사냥꾼이 초원에 남기고 간 모닥불의 불씨를 발견하곤 했는데,

불은 짓밟아서 껐으나 땅에는 온기가 남아 있었고, 사냥꾼이 잠을 자고 조랑말에게 풀을 뜯기었던 곳에 누워 있는 풀이 그의 이야기를 전했다.

실로 이것은 서부 개척시대의 끝이었다. 쇠의 힘으로 초원과 산을 다스렸던 남자들은 이제 늙었다. 어떤 이들은 가난해졌으며, 심지어 성공한 이들도 죽음으로부터의 짧은 유예와 휴식을 구하고 있었다. 이미 막이 내린 시대였으며 다시는 되돌릴 수 없었다. 이 시대의 맛과 냄새와 노래, 그리고 이 남자들이 허공에서 보고 좇은 비전을 닐은 그들의 얼굴에 번져 있는 일종의 잔광으로 포착하였으며, 그것은 영원히 그의 것이었다.

이것이 그가 포레스터 부인에게 품은 가장 큰 불만이었다. 그녀가 이 위대한 남자들 모두의 과부를 자처하여 스스로를 제물로 희생하고 자기가 속한 개척시대와 함께 소멸되기를 거부했다는 것. 어떤 조건에서라도, 그녀는 살기를 원했다는 것. 끝끝내 닐은 그녀에게 작별을 고하지 않고 떠났다. 그는 그녀에 대한 진력나는 경멸만 가슴에 사무친 채로 떠났다.

사건의 경위는 이러했다—사실 사건이라고 부를 가치조차 없었다. 아무것도 아니었으나 전부이기도 했다. 그해 여름 어느 저녁 그녀를 찾아간 닐은 식당 창가에 자라는 인동 덩굴을 보려고 잠시 멈춰 섰다. 식당에서 부엌으로 통하는 문이 열려 있었고, 부엌의 테이블에서 포레스터 부인이 페이스트리 반죽을 만드는 모습이 보였다. 그때 아이비 피터스가 부엌문으로 들어오더니 태연자약하게 그녀를 뒤에서 안으며 그녀의 가슴 위로 자신의 손을 겹쳤다. 그녀는 움직이지도, 시선을 들지도 않고 계속해서 반죽을 밀기만 했다.

닐은 언덕을 내려갔다. "이게 마지막이야." 석양 속에서 다리를 건너며 그가 말했다. "마지막이야." 그리고 그것이 마지막이 되었다. 그는 양버들이 늘어선 오솔길을 두 번 다시 올라가지 않았다. 그가 자신의 인생에서 일 년을 바쳤건만 그녀는 그것을 내팽개쳤다. 그는 대령이 평화롭게 눈을 감을 수 있게 자신이 도왔다고 믿었다. 그런데 지금 살아 있는 듯한 사람은 대령이었다. 이제껏 그는 그 집을 특별하게 만드는 사람이 포레스터 부인이라고 믿어 왔었다. 그러나 대령이 죽은 이래 그 집은 삼촌 같은 옛벗들이 배신당하고 내쳐지며, 저속한 무리가 자기들다운 짓을 하며 저속한 여자를 알아본 곳이었다.

자신이 천성적으로 스패니얼처럼 우직하게 충성스럽지만 않았다면 그 옛날 사건 이후에 절대 돌아가지 않았을 거라고 그는 스스로에게 되뇌었다. 결국, 그는 두 번이나 당해야 비로소 정신을 차리는 사람이었던 것이다. 하여튼 이제 두 번 당했다! 지금 이 순간부터 그녀가 어떻게 살건 그와는 무관했다.

삼촌이 살아 있는 동안에는 그녀의 소식이 띄엄띄엄 들려 왔다. "어디를 가도 포레스터 부인의 이름이 아이비 피터스와 얽혀 있더라." 판사가 편지에 적었다. "그녀는 행복해 보이지 않고 건강도 나빠진 것 같다만, 대령님의 친구들이 도와줄 수도 없는 처지로 자기 자신을 몰아넣었어."

그리고 또다른 편지에서는 이렇게 말했다. "포레스터 부인에 관해서는 길보가 없구나. 딱하게도 완전히 망가졌어."

삼촌이 죽고 나서 닐은 아이비 피터스가 끝내 포레스터 저택을 매입했으며 와이오밍주에서 아내를 데려왔다는 소식을 들었다. 포레스터 부인은 서쪽으로 떠났다—캘리포니아로 돌아갔을 거라고 사람들은 추정했다.

닐이 모멸감을 느끼지 않고 그녀를 다시 생각할 수 있기까지 몇 년이 걸렸다. 하지만 결국에, 그녀가 그의 머릿속에서 사라지고, 대니얼 포레스터의 과부가 죽었는지 살았는지조차 그가 모르게 되었을 때, 대니얼 포레스터의 아내가 그에게 돌아왔다. 환히 빛나는 아련한 기억으로.

그는 그녀와 알고 지낸 인연과, 자신이 세상을 깨우치는 데 그녀가 한몫했다는 사실을 매우 기쁜 마음으로 기억하게 되었다. 그 시절 이후에 그는 아름다운 여자들도 똑똑한 여자들도 만나보았으나—전성기 시절의 그녀와 같은 여자는 없었다. 그녀의 눈이 웃으면서 상대의 눈을 들여다보는 순간, 그 눈빛은 상대가 아직 세상에서 발견하지 못한 강렬한 환희를 약속하는 것만 같았다. "난 그게 어디 있는지 알아요." 그녀의 눈이 이렇게 말하는 듯했다. "내가 보여 줄게요!" 엔돌의 무녀가 사무엘의 영혼을 불러낸 것처럼 그는 젊은 포레스터 부인의 망령을 소환하여, 그 정열의 비밀을 알려 달라고 요구하고 싶었다. 그리고 묻고 싶었다. 끝없이 피어나고 끝없이 타오르며 끝없이 전율하는 환희를 그녀는 진정 찾았는지. 아니면 전부 감쪽같은 연기였는지. 아마 그녀도 다른 사람들과 마찬가지로 찾지 못했을 것이다. 그러나 그녀에게는 언제나 자기 자신보다 훨씬 사랑스러운 것들을 불러일으키는 힘이 있었다. 한 송이 꽃의 향기가 달콤한 봄을 연상시키듯.

닐은 오래전에 그가 잃어버린 여인의 소식을 다시 한번 들을 운명이었다. 어느 날 저녁 그가 시카고 호텔의 식당으로 들어가는데 햇볕에 그을리고 서글서글한 얼굴의 건장

한 남자가 다가오더니 자신을 스위트워터 출신이라고 소개했다.

"나 에드 엘리엇이다. 너일 거라고 생각했어. 같이 식사할 수 있을까? 언젠가 너랑 마주치면 메시지를 전해 주겠다고 네 예전 친구에게 약속했거든. 포레스터 부인 기억하니? 글쎄, 그분이 스위트워터를 떠난 지 12년 됐을 때 한 번 마주쳤어. 부에노스아이레스에서." 그들은 함께 앉아 식사를 주문했다.

"그래, 그때 난 사업차 남미에 내려갔어. 난 탄광 엔지니어인데, 부에노스아이레스에 잠시 머물렀거든. 어느 날 저녁 큰 호텔에서 연회 같은 것이 열렸는데, 내가 바에서 나왔을 때 손님들이 입장하는 입구로 차 한 대가 막 들어왔어. 한 여자의 웃음소리가 들리기 전에는 그들에게 신경도 쓰지 않았지. 그 웃음소리를 듣자마자 그녀를 알아봤어. 그건 조금도 변하지 않았으니까. 모피로 온몸을 칭칭 감고 머리에는 스카프를 두르고 있었지만 그 눈을 보고 확신이 들었어. 내가 다가가서 인사했더니 그녀는 나와 마주쳐서 기쁘다는 표정으로, 호텔로 들어가서 이야기하자고 했어. 남편이 와서 저녁 식사 자리로 데려갈 때까지 나랑 대화를 나눴어. 아, 그래. 부인은 재혼했어. 부유하고 괴팍한 영국인 노인네랑. 이름은 헨리 콜린스야. 남자는 아르헨티나에서 태어났지만 두 사람은 캘리포니아에서 만났대. 두 사람은 대규모 목장에서 사는데 그날 밤에는 연회에 참석하려고 차를 끌고 시내에 나왔다더군. 나중에 수소문을 좀 해보니까 그 노인네가 상당히 독특한 사람이더라고. 두 번 결혼했었는데 그중 한 명은 브라질 여자였대. 돈은 많지만 좀 짠돌이고 성마른 성격이라고 하더군. 그래도 부인은 풍족하게 사는 것 같았어. 멋진 프랑스제 차를 타고 왔고, 부인은 하녀를, 그 남자는 집사를 거느리고 있었어. 아니, 부인은 네가 생각하는 것만큼 변하지 않았어. 물론 거기 여자들 대부분이 그렇듯 화장을 진하게 했어. 파우더를 잔뜩 바르고 입술에도 색을 입혔던 것 같아. 머리는 새까맸어. 내 기억보다 더 까맸어. 염색한 것처럼 보였지. 자기 저택에 언제 한번 오라고 초대했고, 부인을 데리러 온 남편도 그렇게 하라고 권하더군. 스위트워터 사람들 모두의 안부를 물었어. 그리고 이렇게 말했어. "언젠가 널 허버트랑 마주치면 내 사랑을 전해 주고 내가 자주 생각한다고 말해 줘." 부인이 이렇게 덧붙였어. "내 일이 잘 풀렸다고 말해 줘. 콜린스 씨는 아주 다정한 남편이야." 남미에서 돌아오는 길에 네 뉴욕 사무실에 전화했는데 네가 유럽 어딘가에 있다고 하더라. 끝내 다시 재기하시다니 정말 대단한 분이야. 스위트워터를 떠날 즈음에는 완전히 망가진 것처럼 보였거든."

"아직 살아 계실까?" 닐이 물었다. "만나러 가볼 생각마저 드는데."

"아니, 한 3년 전에 돌아가셨어. 그건 확실해. 스위트워터를 떠난 다음에도 어디에서 살든지 매년 현충일에 대령님 무덤에 꽃을 놓아 달라고 그랜드 아미 포스트에 송금하셨거든. 3년 전에 영국인 노인네한테서 편지가 왔는데, 포레스터 대령님의 무덤을 앞으로도 계속 관리해 달라며 수표를 동봉했대. '내 아내, 메리언 포레스터 콜린스를 추모하며.'라고 적혀 있었고."

"그럼 부인이 마지막 순간까지 보살핌을 잘 받았다고 확신해도 되겠구나." 닐이 말했다. "정말 다행이야!"

"네가 그렇게 느낄 줄 알았어." 따뜻한 감정의 물결이 얼굴을 스치며 에드 엘리엇이 말했다. "나도 그랬거든!"

끝

부록

친애하는 미스 캐더,

선생님의 열렬한 팬 중 한 명으로서 저는—『나의 안토니
아』, 『로스트 레이디』, 『폴의 사례』, 『스캔들』이 제가 특별
히 좋아하는 작품입니다—의심 많은 사람이 조만간 선생님
께 알릴지도 모르는, 표절처럼 보이는 부분을 설명하고자 이
렇게 편지를 드립니다.

일단, 선생님께서 이 편지를 받으실 때쯤에는 제 신작『위
대한 개츠비』가 출간되었을 것입니다. (책은 따로 보내 드리
겠습니다.) 제가 『위대한 개츠비』의 초안을 한창 작업하던
무렵에 『로스트 레이디』가 출간되었고, 저는 무척이나 즐겁
게 읽었습니다. 책에 실린 최고의 구절 중 하나는 자주 인용
되는 것으로, 소설 끝부분에 나오며 이런 문장을 포함합니
다. "그 눈은 상대가 아직 세상에서 발견하지 못한 환희를 약
속하는 듯했다...내가 보여줄게요!...등등." (책이 제 수중에
없는지라 정확히 인용하지 못했습니다.)

그로부터 한두 달 전 저는 제 책에서 상기 표현과 일맥상
통하며 거의 유사한 아이디어로—제가 수 년간 생각해 왔던

아이디어입니다—여성의 매력을 표현했습니다. 물론 제 표현은 선생님의 것만큼 명확하거나 아름답거나 감동적이지 않지만, 본질적으로 유사하다는 사실에는 의심의 여지가 없습니다. 이 구절을 삭제하기가 너무나도 싫었던 저는 걱정이 되어서 링 라드너를 비롯한 지인들에게 선생님의 글과 제 글을 보여 주었고, 결국에는 빼지 않기로 결정했습니다. 또한, 선생님께 보여 드리려고 간직하고 있던 초안 몇 쪽을 여기 동봉하였습니다. 완성된 구절은 제 책의 1장에 실렸습니다. 제가 이렇게 편지를 드려야만 했던 이유를 이해해 주시길 바랍니다.

진심과 존경을 담아,
F. 스콧 피츠제럴드

친애하는 피츠제럴드 씨,

　당신의 편지를 받기 전에 전 『위대한 개츠비』를 읽었고 대단히 좋았습니다. 그리고 솔직히 말하건대, 당신이 언급한 문장을 읽으면서 『로스트 레이디』를 전혀 떠올리지 않았습니다. 당신이나 내가 시도하기 전에 수많은 사람들이 똑같은 말을 하려고 노력했으며, 아직 아무도 성공하지 못했습니다. 한 사람의 매력에 휩쓸려 본 적이 있는 사람이라면 누구나 그 매력의 요인보다 매력이 미치는 영향력이 너무나도 더 크다는 사실에 대한 경이로움을 어떻게든지 표현하고자 노력할 텐데, 우리 모두 끝내 구식 기법으로 돌아가서, 매력을 발산하는 사랑스러운 존재가 아닌 우리가 받은 영향에 대해 쓰기 마련입니다. 결국, 아름다움에 대해 우리가 말할 수 있는 것이라고는, 그것이 우리를 얼마나 강하게 뒤흔들었는지가 아닐까요?

진심으로 당신의,

윌라 캐더

그녀의 눈이 웃으면서 상대의 눈을 들여다보는 순간, 그 눈빛은 상대가 아직 세상에서 발견하지 못한 강렬한 환희를 약속하는 것만 같았다. "난 그게 어디 있는지 알아요." 그녀의 눈이 이렇게 말하는 듯했다. "내가 보여 줄게요!" 엔돌의 무녀가 사무엘의 영혼을 불러낸 것처럼 그는 젊은 포레스터 부인의 망령을 소환하여, 그 정열의 비밀을 알려 달라고 요구하고 싶었다. 그리고 묻고 싶었다. 끝없이 피어나고 끝없이 타오르며 끝없이 전율하는 환희를 그녀는 진정 찾았는지. 아니면 전부 감쪽같은 연기였는지. 아마 그녀도 다른 사람들과 마찬가지로 찾지 못했을 것이다. 그러나 그녀에게는 언제나 자기 자신보다 훨씬 사랑스러운 것들을 불러일으키는 힘이 있었다. 한 송이 꽃의 향기가 달콤한 봄을 연상시키듯.

로스트 레이디

슬프면서도 사랑스러운 그녀의 얼굴은 반짝이는 눈과 열정적으로 빛나는 입술처럼 눈부신 것들로 채워져 있었지만, 그녀의 목소리에는 그녀를 사랑했던 남자라면 결코 잊을 수 없는, 가슴 설레는 무언가가 깃들어 있었다. 노랫소리처럼 마음을 잡아끄는 그 목소리는 "들어 봐요."라고 속삭이며 자신이 좀 전에 즐겁고 신나는 일을 했으며 금세 또 즐겁고 신나는 일이 일어날 거라고 약속하는 듯했다.

위대한 개츠비

옮긴이: 구원

UCLA 경제학과를 졸업했다. 독립출판사 코호북스에서 기획, 번역, 편집, 디자인을 담당하고 있으며, 『뉴 그럽 스트리트』, 『짝 없는 여자들』등을 우리말로 옮겼다.

로스트 레이디

지은이: 윌라 캐더
옮긴이: 구원
펴낸곳: 코호북스
출판등록: 2019년 10월 17일 제2019-000005호
이메일: cohobookspublishing@gmail.com
인스타그램: instagram.com/coho_books23

초판발행일: 2020년 12월 21일
ISBN: 979-11-968939-8-9 (03840)
책값: 12,000원

이 도서의 국립중앙도서관 출판예정도서목록(CIP)은 서지정보유통지원시스템 홈페이지(http://seoji.nl.go.kr)와 국가자료종합목록 구축시스템(http://kolis-net.nl.go.kr)에서 이용하실 수 있습니다. (CIP제어번호 : CIP2020052204)